赖继 著

我最好朋友的秘密

成都时代出版社
CHENGDU TIMES PRESS

图书在版编目（CIP）数据

我最好朋友的秘密 / 赖继著 . -- 成都：成都时代出版社 , 2017.1（2018.6 重印）
　　ISBN 978-7-5464-1824-7

　　Ⅰ.①我… Ⅱ.①赖… Ⅲ.①长篇小说－中国－当代 Ⅳ.① I247.5

中国版本图书馆 CIP 数据核字 (2017) 第 005016 号

我最好朋友的秘密
WO ZUIHAO PENGYOU DE MIMI
赖继 著

出 品 人　石碧川
责任编辑　李　佳
责任校对　张　巧
装帧设计　修远文化
责任印制　唐莹莹

出版发行　成都时代出版社
电　　话　(028) 86742352（编辑部）
　　　　　(028) 86615250（发行部）
网　　址　www.chengdusd.com
印　　刷　成都蜀通印务有限责任公司
规　　格　145mm×210mm
印　　张　9.125
字　　数　210 千
版　　次　2017 年 2 月第 1 版
印　　次　2018 年 6 月第 3 次印刷
书　　号　ISBN 978-7-5464-1824-7
定　　价　35.00 元
著作权所有·违者必究
本书若出现印装质量问题，请与工厂联系。电话：(028) 64715762

目录

1. 小刀姓赵 — 5
2. 陆女神的血案 — 7
3. 梦　想 — 11
4. 贴靠嫌疑人 — 14
5. 阿　达 — 18
6. 蓝莲花 — 21
7. 乐　棚 — 24
8. 开往春天的地铁 — 27
9. 三句情诗与夜奔 — 31
10. 摊　牌 — 36
11. 死　因 — 39
12. 转　折 — 43
13. 弓　箭 — 46
14. 情　敌 — 49
15. 夏顺寒 — 51
16. 喊　声 — 54
17. 转　校 — 57
18. 天生是歌手 — 62
19. 古惑仔 — 66
20. 邂　逅 — 70
21. 卧谈会 — 73
22. 打　架 — 78
23. 功　夫 — 82
24. 合　唱 — 86
25. 文青陌路 — 92
26. 陈大宝 — 99
27. 夏　天 — 104
28. 恶　斗 — 109
29. 流星与故事 — 118
30. 妈的！理想 — 126
31. 北京，北京 — 130
32. 流金岁月罗大良 — 137

33. 文化圈	142
34. 小女子	146
35. 毒　品	151
36. 斧头帮	154
37. 花样年华	162
38. 说说而已	166
39. 灰姑娘	169
40. 汉　子	176
41. 东方明珠	181
42. 业务能力	189
43. 重　逢	197
44. 受　困	203
45. 如果云知道	212
46. 十一姐	219
47. 退　稿	224
48. 夜　游	229
49. 分水岭	232
50. 海洛因	235
51. 星　爷	240
52. 江　湖	242
53. 入　狱	249
54. 狱　友	252
55. 索命和复仇	257
56. 夜　战	261
57. 五年过去	265
58. 日子不能这么过	268
59. 重新开始	270
60. 重庆南山一棵树	273
61. 人间四月天	276
62. 原　点	279
63. 遗　言	286
64. 终　点	290

1. 小刀姓赵

赵小刀弹完第二首曲子的时候，我赶紧抓起桌上的第四杯红酒，一口干了下去，壮了壮胆。从台上看下去，台下的小年轻们有些沸腾，据说有好些人在嗑药。

嗑药当然不是指吃吃什么感冒药、抗病毒冲剂之类，百度可以告诉我们嗑药的具体含义。混着酒味与汗味的灯光闪烁耀眼，我一度感到眩晕。

小刀快步走过来，对我说：快试试，该你了！我走上去，用端红酒的姿势捧着麦克风。身后的鼓手甩动湿漉漉的长发，台下的各式人头跟着不停地点啊点啊，有两声尖叫，情绪似火山爆发一般。

贝斯和着架子鼓轰完了前奏，中间有个停顿。我深吸了一口气，推到了唇边的唱词突然哽咽——太不适应这种场合，竟然唱不出口！

小刀见状不对，很机灵地向鼓手使了个眼色，然后又狠狠盯了我一眼，估计心里在骂：周子丹，你可别砸了老子的饭碗啊。

鼓手会意后，又稀里哗啦地敲了一遍前奏，我仍是唱不出口。台下嘘声一片。小刀大声骂道：妈的，你倒是唱啊！你他妈的唱不唱你？

他这一吼不要紧，可最要命的是把我脑子里的歌词吼忘了。

忘了歌词我开始唱，唱的什么自己也听不清，反正含含糊糊地哼，相信没有人能听清我的歌词大意是在问候小刀老母。

那天观众还好，没有扔鸡蛋，事后我们一总结，是因为平日听惯了字正腔圆的唱腔，是该换换口味了。以至于两年后台湾出了个周杰伦，重演我当年风格，红遍海峡两岸。初听此人哼歌时我正在洗碗，听不清歌词，以为他也在问候小刀老母。

这是我第一次在酒吧唱歌，后悔没抓住这种风格的灵感闪动，发扬光大，让我与成为周杰伦的机会擦身而过。

小刀和鼓手阿达也会感慨唏嘘：怎么别人这样唱，就红了，你唱就红不了呢？这大概就是命运吧。

说起命运，小刀曾给我引经据典，说：有个伟大的哲学家曾经说过，人生就像一杯红酒。这不是扯淡吗，哪来的这么单纯的生活，人生那是红酒、白酒、啤酒混一起的"全聚德"！

赵小刀，你身上还背着十六年前的血案呢，少他妈给我聊什么人生！

2. 陆女神的血案

十六年前，杨过还没有等到小龙女。

十六年前，也就是 2000 年的时候，我们却等来了一位青春靓丽的英语老师。她面容姣好、身材窈窕，用现在的网络流行词形容，就叫女神。

女神姓陆。陆小曼的陆。是省城里一所师范院校外语系刚毕业的大学生。

但是名字我记不得了。只记得她当时在夏天午后人烟稀少的教学楼走道里，穿一件紧身白衬衫，蕾丝边若隐若现，黑色职业裙，包裹得很知性，随时手里抱着一本英语大辞典。她走到哪里，仿佛身后会带着高中生般青春和萌动的阳光。

她的任课，让包括赵小刀在内的一众不良愤青都兴奋起来。赵小刀他们有时会调侃陆女神，问，陆老师你怎么还没有结婚啊，有没有男朋友啊？

陆女神倒也大气，笑着说：你们这帮小鬼，好好念书，脑子不要东想西想。她笑起来很像女明星，如果她不出事，后面也没高圆圆什么事儿了。

有哪个高中男生不对异性有想象？赵小刀完全把陆女神当成了高中时代幻想的对象。有一次赵小刀把女神名字写了许多遍，做成一封情书要给陆女神，他身手极好，拿出一根铁丝，拧成一个倒钩，从关好的窗户下沿伸进去，随后立起，轻轻一钩，打开了窗户，然后悄声一纵，翻进教师办公室，把信放到陆女神随身携带的英语辞典里。

当时我就耻笑他，连字儿都没学全，还学人写情书，这不是找抽吗？

果不其然，陆女神满脸通红地冲进了教室，生气地问是谁干的。

大家一致指向坐在第一排的书呆子，这人当替罪羊不是一次两次了。书呆子不明就里，扶着眼镜傻傻一笑：不就是一封情书吗，杨过还娶了小龙女呢，有什么大惊小怪的。

可问题是，谁干的！

把一篇抄满陆女神名字的信放进了教务处丁主任的书里，而校长正好翻开了教务处丁主任的书！

嗯？丁主任，您这是要做什么？敢和贫道争师太！肥头大耳的马校长一拍桌子，忍无可忍。

一纸情书自然无法宣泄男生的满腔荷尔蒙，那么能够和陆女神近距离接触的唯一方法，就是念好英语这门课。那阵子，大家疯了一样地学英语。包括我在内。

我对陆女神颇有好感，可能是因为她并没有因为我是后进生而有所区别对待。一个冬日的午后，在教室百无聊赖地趴着，食堂早过了饭点，我也懒得下去吃饭。陆女神看见了，就说，人一旦懒到连饭都不想吃，那就不再是懒，而是懒癌放弃了治疗。我就和她贫起嘴来，说：得了吧我的美女老师，别再说什么放弃治疗，说得好像我还有救似的。

陆女神扑哧就笑了，然后把她的饭盒拿给了我。那个饭盒是铁皮的，侧面的红字很丑地标明了我们学校的校名和年级。饭盒无甚稀奇，是陆女神进校后在后勤处领的，凭该饭盒可以在学校教师食堂打饭。这个丑陋的饭盒现在在窗户外光线下闪闪发光。她故作老成说：小伙子，好好吃饭，人生漫长得很，别要死不活的，总得有些梦想。

我端着饭盒愣了半天。我这样的后进生，还是第一次遇到这种待遇。

可惜这种阳光明媚的日子并不长。

我记得那天天色很阴沉，陆女神死在了她的单身宿舍。事情发生得很突然，这种悲剧般的转折很快，你永远不知道意外和明天哪一个先到来。生活和电影、小说等文艺作品，其实有很多一致的地方。

陆女神死的时候，单身宿舍是密闭的，那间不大的宿舍约有 20 个平方米。那是学校给新进教职工过渡用的房子。这栋房子是一梯四户，东南西北各一户。她的屋子在三楼，面南的一间。这间屋子只有一个窗户，在房间的一端，而窗户正对房间的另一端，是房门。这是个狭长的宿舍，打开房门就可以把屋子看得不留死角。

窗户右边是她的床，床单洁白，床头摆放有绿植和几本厚厚的文学著作，其中一本里夹着她用英语写下的遗书，大意是告别了自己远在他方的心上人。

坐北朝南，阳光充沛，却非常阴暗。

当时煤气是开着的，警察是接到楼下老师的报警撞门而入的。据说，当时的画面很触目惊心，陆女神依然一身白衬衫，衣衫整齐，头朝北地躺在屋子里。

她的手腕被割出一道很深的伤，鲜血流了一地。当时和警察一起进门的楼下老师都吓傻了。警察勘查现场后，初步定性为自杀。

与女神血案同时发生的，还有一件蹊跷的事情——赵小刀失踪了。

陆女神的宿舍窗户外，发现一根不起眼的铁丝，被扭成了弯曲状。这和赵小刀之前去放情书时用的手法一模一样。

赵小刀明明约好晚上和我一起打电动，然后告别高中生活外出流浪的，我等了他一晚，他没有出现，而那天早上他去向陆女神道别。

怎么可能是自杀！既然都关上门吸煤气了，何必又要割腕？

多半就是赵小刀干的，你跑不了。终有一日，我一定要找到他妈的赵小刀，我就是脑抽筋，我就是要盯死你。

3. 梦　想

　　2000年的我，没有女朋友，和大多数成绩后进的学生一样，沉迷于各类武侠小说之中。那会儿我总是幻想自己能有一天化身成为超级英雄，然后行侠仗义。这种脑抽筋的妄想症在我人生中持续了很多年。

　　我干过最行侠仗义的事情，就和赵小刀有关。那会儿赵小刀个头很大，喜欢欺负个头小的同学，当时我们都打不过他。为了收拾他，我观察了他一个多月，发现此君已经略有学习抽烟的小爱好了，于是我悄悄拿了他的一包烟，抽出一支，抽掉烟丝，塞了一个小鞭炮进去，然后稍微塞上了些烟丝。

　　结果很好想象，正在厕所学习抽烟的小刀同学，满脸痛苦地回到教室。我笑着问他咋了，他倒是硬朗得很，抚摸着已经厚厚的嘴唇，对我说：妈的，这香烟劲真大，还会爆！

　　从一些小事就可以看出来，小刀就是强悍，很少有人如他，要是执着梦想，就抛开一切，没有留恋与曲折，一路径直朝着一个方向。

多年后相见，他已是北京最热闹地段一带歌厅酒吧小有名气的歌手，他每天晚上不停地串场唱歌，相信总有一天会被伯乐发现，然后出单曲、发唱片，红遍大江南北。他和原来那个喜欢吉他长发纸飞机叼烟暗恋隔壁女生他妈的小刀一样，没变。

小刀为什么跟我这么铁呢？

那是有一次，全班挨个儿到讲台上演讲，题目是谈梦想。小刀上去只说了两句，这两句非常流俗：

第一句：我的梦想是唱歌。

第二句：我还是想唱歌。

全班都在笑，只有我当时没笑。小刀就认准了我是他知己。

其实那天他看见我没笑，是因为我不幸感冒了戴着口罩，他眼力又不好。就，就没看清楚。

后来小刀知道真相之后大声说：这真他妈是个美丽的误会啊！听得我起鸡皮疙瘩。

前两年有句很流行的话，生活突如其来。其实哥们儿也一样。小刀曾打个比喻形容我俩，我们就像一块糖上的两条蛆虫，相当贴切恶心。高考的时候小刀坐我身后，他视力不好豁出全力直盯我试卷，一双贼眼无视监考老师存在，恨不得眼珠生在我的试卷上。他抄谁不好偏抄我，进考场之前我就跟他说，哥们儿，别，我考试水平跟你是半斤八两。

此人不信,于是他很快结束了读书生涯,准备开始流浪北京,寻找梦想。走之前小刀一脸遗憾,我问他可有什么心事未了。

小刀一拍大腿,妈的,隔壁班那个女生还没正眼看过我呢。

其实我觉得这未必是坏事,没正眼看过你,你还有回忆,就小刀你那生得惊世骇俗的长相,给人正眼看了,流露出的表情多半有点伤人,还是不看罢,她好你也好。

我和小刀争论过的一个问题是:女生追到手之后,还是不是原来那种感觉?小刀说:馒头放你面前,和你把馒头吃了,能是一个感觉吗?有道理,我试着把这个逻辑放在所谓梦想上,梦想,实现了,还叫不叫梦想。这个说法值得商榷。

然后小刀坏坏地说:既然馒头吃不上了,我起码要去和陆女神道个别!她也是我暗恋对象呢!

谁知一别就别出了大事件。

4. 贴靠嫌疑人

在我的读书年代，大人们常给学生孩子们说，要远离赵小刀，他不爱学习，抽烟喝酒，痞气十足，将来一定是社会的祸害，人间的混世魔王。我偷偷把这个事情告诉了赵小刀，小刀笑得鼻涕都掉下来了，然后给我说：他们也常说，要远离周子丹，因为你是脑抽筋！

这个事情表明：我们两个都不是正常少年。

赵小刀既是我高中同学又是我学功夫的同门，当时此君正徘徊于失足青年边缘，老师王光明挽救了多次之后发现完全没有挽救的必要，于是放任小刀天天去浴足，继续失足。

莘莘学子还在为高考打算的时候，小刀就开始考虑一系列的高级问题。比如有一次，他跟我讨论，生命到底是有价还是无价，如果他让人打，一拳收一百块的话，他的贱命能值几个钱。

如此匪夷所思的问题我相信当时除了小刀，应该没人思考,他风格和常人不同,我们通常把小刀的这种风格叫作思维发散。高考前很火的一种教辅书,叫《发散大课堂》,封面是爱因斯坦头像,我曾经一度觉得应当把赵小刀那张大脸印上去。

我和小刀跟着一位老师父练过一段时间的功夫,就小刀那体格,一拳一百块,要挂掉小刀,估计那人的钱包也面临挂掉的危险。

小刀打那时,就有音乐的潜质,他告诉我,他想当歌手。只有在说这句话的时候,小刀的眼中没有装模作样的落寞。

他喜欢唱歌,喜欢吉他,喜欢长发,喜欢手上脚上很重很炫的饰品,喜欢把空白试卷折成一只一只纸飞机从顶楼放飞,然后楼下保卫会吼他不要乱扔会砸到小朋友,于是小刀也就喜欢在阳台冲着保卫大喊他妈的,他喜欢叼着烟,喜欢隔壁班一个女生。

说到爱好的问题,我们俩都没把师父教的拳脚功夫当爱好,你要是问小刀:哥们,你有什么爱好呀?

他准会说:我啊爱好女人。小刀给我的感觉像个不良愤青。提到愤青,我们那会儿有个老师,已过中年,还拖着愤青的尾巴不放,对什么事情都有批判精神,但是这人一直以一种爱校的姿态出现人前,有一句话他时刻挂在嘴边:同学们啊,你们一定要记住,是什么给了你们学习机会啊,是学校,学校!要爱校啊。

当时我们班许多小年轻每次听这句话都激动得不得了,

小刀照例骂了句他妈的之后，说是人民币，人民币给了我们学习的机会。你他妈要没钱，学校会让你来念书？

这位热爱本校的老师，论才能那是没话说，两周之后跳槽高就，报酬为在本校的三倍。

小刀当时那表情，非常之嚣张得意，令我印象深刻得多年以后仍清晰可记。就是在我最落魄的时候，这个表情出现在我面前，对我说：哥们儿，想不想跟我混？

当时的我，上身休闲T恤，旧得发白，牛仔裤上有两个补丁，脚上白红帆布鞋，腕上一串蜜蜡佛珠，正在一个小店铺帮人打杂。

北京的秋天有点冷，但是天空很蓝，阵风刮脸生疼，非常干燥。小刀长发金黄倒竖，左耳一个硕大的耳坠，闪烁耀眼，军绿色的风衣整洁而干净，看这样子就是个混演艺场的主。他出现在我面前，没有寒暄，没有拥抱，一如既往的神态。

我淡淡问他：你怎么知道我在这里？

小刀牛哄哄地吼起来：你就他妈别装了，你都落魄到这地步了，也不看看这是什么地方，北京！有什么是我不知道的。

这一通抢白说得我以为他当北京市委书记了呢。

小刀说：现在我们来谈谈。

谈什么？

小刀点了一根烟，一屁股坐在冰冷的地上，就在我旁边，问我：你会什么？我心里飞转了一下，我会些什么？这该怎么回答。小刀深吸了一口气,我是问你用什么混饭吃?跟我混,不要说你会念书就行。

我笑了,我说我别的不会,可以跟着你唱歌。

小刀捶了我一拳,手上狗链子叮当作响,高兴地对我说:就是这个,你跟我来。回头就带你认识下北京城的腕儿,崔阿健,知道不,我大哥!林摇滚,熟人!豹子头,兄弟!

得了得了,我赶紧叫他打住,还他妈豹子头,六六六……

我长松一口气,终于贴靠上这王八蛋了,我找你很多年了!

5. 阿 达

阿达,二十七岁,头发似刘欢,面容长得跟迪克牛仔一样沧桑,是小刀在北京的兄弟。我初见此人的第一反应是:艺术家。

乐队叫阿达乐队,以阿达命名,算上小刀共六个人。阿达是鼓手,乐队的核心。为了庆祝我的到来,我们去一家路边小店吃了顿饭,阿达举杯豪气干云地欢迎我,那个阵势真让我联想到落草为寇。

阿达向我介绍他们乐队的吉他手、键盘手、贝斯手和主唱,然后问我可以做什么手。

我想了半天,觉得他这个乐队已经非常完备了,不缺什么手,我就说:我可以当弓箭手。

小刀一边在桌底下戳我的腿一边笑了:我这兄弟最喜欢搞笑,他当弓箭手,谁他妈不鼓掌他就射谁!

阿达与众人哄笑起来:原来你丫是段子手。

酒至一半，阿达的手机响了，应了两声，挂掉。对我们说：兄弟们，抄家伙，开工。

乐队马上情绪高涨，欢叫连连。

我就纳了闷：怎么跟港片里黑帮是一个味道。

出门打了个面的，七个人挤进去，一路飞驰。沿途我看了看车窗外北京的霓虹闪烁，顿觉孤寂。我之前看到过一个日本人叫青山的写的《刑事侦探实录》，里面说了，贴靠嫌疑人，要不动声色，打成一片，悄然进行。

我咬了咬牙，那就先和阿达他们融于一体，再查清楚，赵小刀这王八蛋和陆女神之死到底有没有关系。

车驶到一家叫木天堂的酒吧，阿达一下车就率我们浩浩荡荡地杀进去。他刚踏入门的第一步，里面翻翻滚滚地吼出一句骂声，然后一膘肥胖子冲出来把他当孙子一样训了一顿。

小刀告诉我，胖子是这里的经理，绰号彪哥。

彪哥显然是因为阿达迟到大动肝火。骂了半天才留意到我这张新面孔，指着问：这小子是谁？

阿达诺诺地说：乐队新成员。

然后小刀凑上去给彪哥递烟。我跟着叫彪哥好。

彪哥皱眉端详我半天，问：怎么又冒出个毛头小子，能赚钱吗？

阿达连连点头，信口开河道：我这位兄弟乐器无所不精，唱起歌来高音赛汪峰，唱功那是更不用说，得，就张学友来了还管他叫师父。

我一听，把我吹得跟什么一样。我心里想：这也能吹！

彪哥抽着烟，手一摆，牵动身上横肉乱颤，说：那是你们自己的事，我不额外加人头薪水，懂吗？

这胖子神色之嚣张，是我平生未见，当时灭他的心都有。

小刀说：彪哥，我兄弟真行，要不你先试用一下？薪水咱们以后慢慢说。

那胖子不耐烦，甩头就走进酒吧：爱干不干吧，反正三流串场歌手多的是。

我想着小刀的神情，心里骂着死胖子，跟阿达走进酒吧。

那酒吧里已是群魔乱舞，音响里放着极疯狂的舞曲，激光灯飞闪。

说实话，我真他妈不喜欢这种气氛，若不是为了贴靠赵小刀，老子也不会上梁山。

舞台上领舞的女人一身黑色紧身服，身段风骚，她在上面摆弄各种动作，从头甩到脚，腰不停地晃，简直要把屁股给甩下来一样。满场各色男女，唯有她从内到外散发着一种光亮，就好像天生要成为众人的焦点。

我不得不惊叹此女舞技之高。

小刀告诉我，她是彪哥马子！

简称彪马。

6. 蓝莲花

彪马从台上跳下来，整个场子就安静了。

小刀跟我说：今天你先看着。

然后他们乐队就上去了，那天他们演奏了一首许巍的《蓝莲花》，小刀主唱，场下轰动了，有几个富态女人扔了无数枝鲜花，听说在那种场子里一枝花得要一百多块，我心里想：有钱扔钱不就得了，何必暴殄天物，花又不能吃。

不知什么时候，彪马凑到我旁边，带着很浓的脂粉味，一张画绿紫眼影的妖媚面容望着我：你是他们乐队的？

我点点头，不自觉地往后退了退。

她又说：你比那个主唱好看多了。

我说谢谢。

她又问：你不是本地人？

我点头，她不怀好意地看着我，跟我说：你知道我是谁不？

我说：这里的老板娘。

她咯咯地笑：老板娘？你看我老吗？

我打量了一下她，从头到脚地扫了一遍，她全身上下透着诱惑的气息。她说：你敢不敢跟我跳舞？

我心里面一荡。彪马转头叫小刀他们来一首舒缓点的歌，然后就把一双水草般柔软的手搭在我肩上。歌声有点靡靡之意，不知怎么回事，我不自觉就搂住了她，这才发现原来此女真的是个绝色。心里就纳闷就彪胖子那样能找个这样的女人？

刚跳了几步，她的笑容有点醉意，竟然把胸口往我身上凑，我一惊，将她推开。哗啦一声，架子鼓拉了一个长长的叉音，我回过神来，小刀一双视力不怎么好的眼睛正瞪着我。

彪马怏怏走开了。

事后小刀跟我说：你不知道，这骚货是祸水，谁遇上谁栽！

我点头说：是是是，那娘们儿来勾引我，我有什么办法，我又不是圣人。

小刀笑道：少跟我贫，就你那点心思我还不知道，我早就看出来，你脑子有问题。

我说：我想起一个人。

小刀哈哈大笑，险些笑倒地上，说：你他妈还装痴情是不是？都多久的事了还念念不忘。我看那彪马对你有意思，反正阿达想跳槽，等我们有别处奔头了，我就把彪胖子炒了，然后你把他马子抢了。啧！完美逃跑计划。

我就知道你脑子里没好东西。

小刀笑了，学着东北口音：你丫不能做点儿有创意的事儿啊？她丫刚才往你身上蹭你躲得就不能有创意点？

我说道：好眼力，隔这么远都能观察到细节。

小刀小声说：告诉你个秘密，关于我视力的秘密。

我心想他一定要说，我这眼睛就看女人的时候视力最好。

谁知他一脸神秘地说：我戴了隐形眼镜！

我想起的这个人，就像小刀刚才唱的歌一样，是我心中的"蓝莲花"。

7. 乐　棚

小刀带我去他们的乐棚，美其名曰乐棚，说白了就是600块和阿达合租的一间小公寓。我对它究竟有多大不敢说，怕小刀怪我亵渎他的艺术，反正他们二人吃喝拉撒睡觉唱歌都在那一处地。听说是阿达在这头大便，小刀就在那头练歌；小刀在这头吃饭，阿达就在那头打鼓——艺术源自生活终于在这里体现出来。

小房间虽然有点乱，但还是有两张床，东一角是简陋的音响设备。阿达很是热情，说欢迎我光临寒舍，然后就边打鼓边唱了一首欢迎歌曲，当时给我的感觉是地动山摇，摇滚得差点没把这公寓震塌，可见这不是豆腐渣工程。

阿达还没唱完，我听见楼上一个老大娘的声音吼下来：还要不要人活啦，大白天的鬼叫啥！

阿达脾气好，没说什么，小刀照例骂了句他妈的，然后跟我说：你唱两句，让达哥听听你的嗓。

我点头。

小刀说：好。咱们复习一下零点乐队的《爱不爱我》，我先唱一节，你接着唱第二节。

零点乐队首唱这首歌的时候，小刀正在暗恋隔壁班小姑娘，用他的话来说就是勾起了他伤心的往事。这首歌我算是听烦了，这首歌是每次去酒吧唱歌小刀必唱曲目。

好了，小刀开始复习这首勾起他伤心往事的《爱不爱我》了，他的嗓音依旧清澈如一泓秋水，又像混入污浊俗世的王子，一身邋遢又掩饰不了他的尊贵。这样的嗓音和他那邋遢的长相真的是格格不入。

唱到后面的部分了，我开始跟着他唱。我忽然看见小刀眼里有光亮，久违的光亮。有人说，音乐是人类灵魂真实的流淌。拥有这样嗓音的家伙，到底是不是坏蛋？

高中时代小刀的梦想就是唱歌，然后有一天他的歌声被某一唱片公司看中，然后包装他，炒红他，他的唱片卖遍大街小巷，然后大牌明星找他合唱，再然后四大天王拜他为师，接下来他转签约英皇百代……

我当时不能理解这是什么意境，然后一年后红了个叫刀郎的，我就在想是不是小刀呢？

说实话，小刀唱得比刀郎好，嗓音也比刀郎好，但是毕竟人家是什么郎，你只是小字辈的不是？所以你现在就只能在酒吧搞点场费，当个屎壳郎。

说起唱片，我想起一档很搞笑的事情。有一次我和小刀去逛音像店,那个店子的老板看小刀的长相实在有点匪相,生怕是小偷,跟在我们后面半天不肯离开,搞得我们很不自在。

小刀就拉了我到老板面前问:请问有没有周子丹的专辑啊?

周子丹就是我的名字。

那老板一脸狐疑,说:谁?没有呀。

他这一狐疑不要紧,可是敢说没有那就是讨骂了,小刀当场就吼:操!连今年最火的新人的专辑都没有,你他妈还开什么音像店!

老板当时就给吼木了,小刀把选好的几张CD往他手里塞,说:拿着,我再选几张,等会儿一起付钱。说完我们又走进去,老板照例又跟来。

我和小刀对望了一眼,这回我拉着小刀过去问:请问有没有赵小刀的专辑啊?

赵小刀就是小刀的名字。

老板想了半天,估计又要挨骂,笑着说:哦哦,有,有。

小刀马上乐了,正要开口问他要买一张,心想你他妈要能拿一张出来,老子就吃了它!

只听那老板一本正经地说:哦,已经卖完了,妈的,卖太火了。

我和小刀差点晕过去。

8. 开往春天的地铁

阿达对我们的合唱特别满意,他用他很久没洗的头不停地点啊点示意。不过楼上老大娘这次连我一起骂了。小刀安静下来,我们三人坐床上,开始讨论生计问题。

阿达就说:既然是小刀的兄弟,说什么都得照料。

小刀来了一句:得,你还别说,我这兄弟可不是来白吃白喝的。他要是入股绝对可以给我们乐队带来那个什么来着。

我马上插了一句:分红。

小刀道:不是。

我纠正道:利润。

小刀:对对对。

阿达听得不明所以。阿达还是回到那个问题上来:你可以在乐队做什么?

我其实真的一样乐器也不会,一个乐队不能两个主唱吧。

小刀这就发话了:大哥你刚不听见了,我兄弟跟我配合,他妈就一个成语，叫什么天衣无缝。

阿达笑了：不是我说风凉话，子丹兄弟跟你的合唱确实不错，但是我们不能要两个主唱吧。

我一直没发言，小刀完全成了我的代言人：谁说不行，不试试怎么知道。两个主唱可以换着休息休息。难道哥哥你要我三十出头就成干鸭嗓啊？大不了我那一份少分点，我跟子丹多跑几个场子唱，还不行吗？

阿达掏出三根烟，递给我和小刀，我说不会抽。阿达眼中有轻蔑的神色，说：搞艺术，能不抽烟吗？

小刀道：妈的，你这就不懂了，你他妈懂个啥，就知道打鼓，我兄弟不抽烟那是为嗓子好，你还要不要我们唱歌挣钱了？

我听到现在，这才发言道：达哥，要不就让我试试。

阿达想了半天，说：行。

小刀大喜：快，快，给达哥点烟啊。

我马上拾起床上的打火机，凑过去给阿达点烟，他很久没洗的长发蹭在手上，有点脏。

小刀说：今后房租三个人摊，子丹就挤着我睡。

这今后的事情，是这样发展的：从那以后，阿达乐队多了一个主唱，时而用一种含糊不清的唱法，时而配合小刀有一些精彩而略带青涩的和声。我从来不像小刀在台上疯狂蹦跳，不似阿达疯狂地点头，不似他们渴望那种奔放而热烈的生活。我只是静静站着和唱歌，我知道，老子不属于这种艺术方式,而且我还有更重要的事情要做。

可喜的是,这种唱歌的姿态,让酒吧的小资阶层很喜欢,用他们的话来说就是:情调。

接下来的三个月,我们不停奔波于伟大首都的灯红酒绿处。有时候一天挣个1000块的场费,我们7个人就去挥霍一顿,因为我们除了彪胖子以外没有跟任何一家签出场合同,所以我们的收入很不稳定,有时候小刀和阿达还合抽一条烟。

有天夜里,小刀把我摇醒,和我聊起他到北京来的趣事,他说他还真没想到在北京还要暂住证,刚来的时候听人说起,还不知道是什么东西,听人说要是没那东西遇上警察可就麻烦了。

我脑海中浮现一个画面,就像港片里,警察来查房,查到偷渡客,然后就拷上他,就拷上了小刀。小刀一脸颓废地说:警察叔叔饶了我吧。然后警察一甩头,给小刀头上套了个袜子,把他像提鸡鸭一样提着走了。

我望着小刀嘻嘻笑起来。这个画面实在很搞笑。

小刀问:你娃看过那部电影么?叫《开往春天的地铁》。

我说看过。

小刀乐了,说:妈的,那次我躲警察逃进地铁里,在人群中不停飞奔,就像那部片子的有个镜头。

我笑了:你可真浪漫,躲警察都躲成开往春天的地铁了?

小刀说:那是,我当时幻想着地铁的那一头有一个美丽的姑娘等着我,我就拔足狂奔向她,所以就甩掉了后面的警察。嘿嘿。

那天夜里我再也没睡着,就凭赵小刀这般二货,真的是杀死陆女神的凶手?

在我大学里为数不多的法律常识课上,听说过一个名词:自由心证。就是说当没有证据对事实予以证明的时候,只能依靠个人内心的确信,去判断是非对错。

反正离开这里我连生计都成问题,我决定先观察赵小刀一段时间再说,一言一行里,总会透露出一个人的心理。

9. 三句情诗与夜奔

这个世界就是这么奇怪,当你不需要一件东西的时候他就跳出来缠着你不放,当你需要的时候,他又躲避起来,不让你发现。比如女人,比如爱情。

阿达有一段时间,喜欢把军鼓和大鼓的节拍弄混淆,眼睛喜欢盯着舞台不移开,江湖传说阿达跟彪马有点暧昧。我和小刀最是吃惊,以阿达的定力应该不会被彪马勾引才对,于是我们得出了结论:一定是阿达勾引彪马!

这个问题的严重性在于我们乐队有可能连最稳定的生意也要被打掉,你端人饭碗,还挖人马子,这不是找抽吗?

我让小刀去劝劝他,小刀劝阿达道:你也老大不小,怎么还这么痴迷儿女情长呢?

阿达傻傻地笑:没,我这不是还没谈过恋爱嘛。

小刀骂道:滚,你丫骗谁,上次那姑娘大着肚子来找谁的?装什么处男。

阿达涨红了脸，说：那怎么叫、叫谈恋爱呢？

小刀说：怎么，现在又打上那骚货主意了？

阿达红了脸说：你他妈嘴巴干净点行不？说不准她以后是你嫂子。

我和小刀俱是一惊：都他妈要当我们嫂子了，这还得了？

我说：阿达，你可想清楚，那可是彪胖子的马子。

小刀脑子转得飞快，说：你脑袋进水，妈的，你不替自己想想，也替兄弟想想，是不是想跳槽了，说！

阿达傻傻笑道：嘿嘿，就是。还真不想在彪胖子手底下干了。

小刀高兴得差点跳起来：大哥，你这样想就好了！怎么，跳槽有眉目了？

阿达怪笑着说：废话，快了，等弄成了这事我们乐队就另谋高就。

小刀说：对，你就拐了彪胖子马子一起远走高飞。这可真是个完美计划啊！

接下来的几天，阿达早出晚归，一脸高深的不知道忙些什么。我们都用期望的眼光看着他，仿佛他能带来希望。

小刀和我还是唱着歌，想着乐队跳槽从此不用再看彪胖子脸上的横飞肉心里那个开心劲儿简直可以把一首柔情杜德伟的《情人》唱成摇滚版。

后来渐渐发现彪马看阿达眼神不对了，彪马有意无意喜欢走过来帮忙擦擦鼓架啦或是抹抹镲什么的。我心里想，阿达估计好事儿要成了。

阿达是否真心需要这份爱情呢?

就像小刀说的:老大不小了的。不就寂寞嘛。

跳槽的事情终于落实了,就像难产一样。彪胖子那天走过来跟我说:小兄弟,传说你们要跳到我对头的酒吧去,是不?

我说不知道啊,我们听阿达指挥。

彪胖子就说:都是男人嘛,何必呢,这样大家面子上多不好,要不,我给你加点薪水?

我听到他说都是男人嘛,心里咯噔一下,觉得阿达要拐他马子估计要起江湖风波。都是男人嘛,当心他急了跳墙,阿达就吃不了兜着走了。

我转达了这样的担忧,阿达的意思是,明天就要炒彪胖子了,我们乐队吃穿彪胖子时间虽然不短,但是没我们彪胖子能有那么好生意吗?所以我们各不相欠。关于女人,纯属个人问题。

准备接纳我们的那家酒吧叫不夜天。我不喜欢这个名字,没有胖子的木天堂好听。但是不夜天的老板给我们两倍于彪胖子的报酬,而且那个老板比彪胖子看起来更和气。

阿达觉得一切都办妥了,只差最后一步了,那就是去向彪马表白,然后带着她一起走。我想起《风尘三侠》里红拂倒是为了追求自己的美好爱情而夜里出逃,这就是有名的红拂夜奔。不过阿达应该知道,他不是李靖,彪马也不是红拂。

因此我们并不看好阿达的表白。就像小刀私底下说：太不厚道了，人都要走了，还要拐走人家马子，唉，没办法，谁叫人家是纯洁的酸酸的初恋呢。

此话一出，我差点没恶心得吐出来。

因为我想起我来北京之前在重庆遇到的一个爱拿初恋来打比方的哥们儿，他尤好写情诗。

此人听说重庆的雨是酸雨时，他比方曰：重庆的雨啊，酸酸的，就像初恋的味道。

后来此人在火车上见一建筑工地，又比方曰：工地上的搬运车啊，轰轰烈烈，就像初恋的味道。

不过此人最绝的是这个比喻：正在修建三峡广场用的钢筋混凝土啊，缠缠绵绵，就像初恋的味道。

一年后的今天，我想到如果把这三句情诗给阿达，他一定会写进情书，给彪马，然后妄图感动她一番。哦，说错了，是恶心她一番，彻底摧毁她对初恋的回忆或是期望，乖乖跟着长得与建筑工人一样沧桑的男子阿达夜奔。

于是我把这三句情诗改了改，给了阿达。改动的三句情诗如下：

北京的沙尘暴啊，酸酸的，就像初恋的味道。

西单道上的车祸啊，轰轰烈烈，就像初恋的味道。

被飞机撞毁的世贸大楼啊，缠缠绵绵，就像初恋的味道。

我觉得如果阿达跟彪马真是初恋的话，这三个比喻真他妈贴切。这三句情诗给阿达的时候，阿达正在绞尽脑汁和他的长发附带头皮屑苦苦思索这封关系他初恋的情书,他得到这三个比喻,欣喜若狂,大赞我是才子。

然后他站在阳台上大喊:彪马彪马你是我的啦!

吓得楼下正在踢球的穿着PUMA球衣的一群小孩子惊慌失措。

我和小刀在一旁窃喜,觉得要是彪马被阿达泡上手了,那可就不能叫彪马了。

阿达的马子,该叫什么呢?

我想了一下说:嘿嘿,马达。

10. 摊　牌

几天之后，彪马，未来的马达，开始跟阿达形影不离，我们估计这三个比喻已经达到了预期的效果。但是我总感觉背后彪胖子的目光有点凉飕飕的。我真的不知道，这样发展下去会是什么样的结果，是不是像西单道的车祸，或是像被飞机撞的世贸大楼。反正是灾难。

到了快要摊牌的时候，阿达和彪胖子见了一面，谈判时我和小刀在旁边，生怕彪胖子发起飙来，要把阿达给撕了。

小刀在一旁当保镖气势就是不一样，现在的赵小刀是什么人哪，听说四九城地下各社团的流氓地痞都得管他叫哥，这名堂可是打出来的！多亏跟了一位好师父，几招功夫学下来，小刀身手甚是彪悍。

彪胖子早听说我和小刀是一起学功夫的，说起来我学艺还比小刀早，这还不吓得他乖乖把彪马给阿达送来做马达啊？

阿达把跳槽的意思给彪胖子说了，又说多谢彪哥这几年关照什么什么的，反正以后有机会，还回木天堂来串场子。说得那个真挚煽情，我和小刀差点没笑出来。

彪胖子最后说了一句：这年头谁都不容易，你们真不考虑一下后果？

我们三人一致摇了摇头，说实话，这是我所见彪胖子唯一一次平和地说话，更不用说他两人了。从赵小刀来北京，遇上阿达，就开始混迹于江湖，要不是人在屋檐下，早就把天天天雷地火的彪胖子揍一顿了。

我们出门的时候，彪马在门外等着，见阿达出来一把搂住他脖子，高兴得欢天喜地。

彪胖子在后面阴恻恻地笑，很有深意。

在我们乐队收拾了东西准备跳槽的头一天，我突然想去体育场玩玩弓箭。很久没运动了，我长久以来，对于这种小众运动项目，有着独特喜爱。

小刀说：你个傻蛋，现在体育场哪来弓箭这玩意儿给你，你又不是专业选手。

我说：啊，不是专业选手就不能有业余爱好啊？

小刀说：那是啥玩意儿？体育场是真没有，我不骗你。你要真手痒，我带你去找找射箭俱乐部。

于是我们就打了个的士，开始慢慢绕这北京的什么什么几环找有爱好射箭的俱乐部。那天约摸用光了身上所有的钱，反正要离开彪胖子了，应该有个新的开始。

一路上，我想起肖翼来。肖翼也是我同学，我们中学时期都热衷过一段时间射箭运动，当时还年少，都想扮大侠，以为弓箭用得好，就他妈是郭靖了。

　　最后我们终于在一处偏僻的角落找到一家射箭俱乐部，老板是个可爱女人，长发如瀑布一样，透着光华水气，穿着也很讲究，刚开春就穿起了旗袍，叉开到大腿，上身搭了一件绒袄，俱乐部里有暖气，她脸上有缺氧泛起的微红，很是有韵味。

　　厅子还不算小，跟西式酒吧里一样，布置着镖盘、酒桌、靶台，老板走过来，说：要是想玩射箭，可以到吧台后面的场地去。

　　我们跟着走了过去，像绕机关一样，穿过一处黑黑走道，老板走在前面，窈窕曲线透着光有些模糊。

　　忽然豁然开朗，一个室内射箭场出现在眼前，放着各种复合弓、反曲弓等，甚至还有国际标准的磅数用弓，我大喜过望，不愧是大首都，好玩的东西多着呢。

　　我的纯真年代，伴随一张弓的倔强，和箭的冲动。我也不知道为什么非要弄清楚陆女神的死因，可能就是这种所谓的侠义精神在作祟。明天就要跳槽，今天晚上一定要赵小刀交代清楚，到底是不是他杀了陆女神，如果是，我会怎么办，报警还是一箭射死他？

11. 死　因

那天晚上，赵小刀喝多了，大着舌头说了很多话。包括他来到北京的这么长时间里，他跟个孙子一样活着，然后他大着舌头给我说：你知道我他妈的是怎么坚持的吗？你知道什么是梦想吗？

什么是坚持？我还真回答不上，我书念得不多。然后我就问他，当年陆女神的死和他有没有关系。

他醉眼迷离地看着我：陆女神是谁？

他又说：我记得，她是为情所困。

我当时就无语了。

我记得我后来一直留在赵小刀身边，每次趁他醉酒后，逼问他，他都说着同样的答案。谎言重复一千次，总会有破绽。我跟着你，一定能找到真相。

第二天一早，回来的时候，我跟小刀说：彪胖子肯定不会这么轻易放我们走的。

小刀笑了：你还真把自己当明星了？

我说：不是，我是担心阿达跟彪马。

小刀不说话。

一般小刀不说话，就表示：一定有问题了。

我们回木天堂时，阿达不见了，乐队不见了。小刀忙跑去问彪胖子。

彪胖子没好气地说：哎哟，这不是我的两个大歌星吗？我还以为你们走了呢。

小刀说：少跟我阴阳怪气的，阿达呢？

彪胖子说：我怎么知道，他已经不是我的人了。

彪胖子说这句话的时候有点狡诈的神色。

我一想，觉得不对劲。赶快和小刀去不夜天找阿达和乐队。不夜天也没找着阿达，只听说不夜天已经决定不和我们乐队签专场合同了。

我忙问为什么。

老板给的回复是：不夜天不养闲人。

小刀差点发作，我拉住他，又问：老板，阿达不是跟你说好的吗？是不是商洽出了什么问题？

老板白了我一眼：阿达？就是那个鼓手？你们乐队除了他还有鼓手吗？

我忽然意识到事情有点严重了，说：没有。

老板说：那不就得了，你们乐队阿达不能打鼓了，至少现在不能了，大家都是玩音乐的人，都知道鼓手没了，乐队还搞什么劲？

阿达不能打鼓了？

小刀一把揪起老板的衣领：你他妈说的什么？

我拉起小刀就蹿上一辆计程车，直往租的公寓飞奔。一进门，傻了眼，乐队其他几个人围着床，阿达躺在床上，双手裹着绷带，不住地呻吟。彪马不知去向。

小刀看也没看清楚，扑过去哭着大叫：大哥！他妈谁干的，我要他血债血还，你安息吧。

阿达一听，从床上坐起来，骂道：老子还死不了。

原来，在准备离开彪胖子那晚，阿达带着彪马和乐队另外几个兄弟去庆祝一下，谁知道喝酒的时候遇到一群流氓过来调戏彪马，不，那时候是马达。阿达自然要充当护花使者了，结果两方动起手来，把阿达双手打断了。

小刀问：你就没告诉他们你是我赵小刀的大哥？

阿达说：妈的，说了，我说了，就是我说了他们才打得更凶。

小刀大喝一声：彪胖子找死！

我劝住他，说：你怎么知道就是彪胖子找人干的？

阿达说：这条道上，谁敢不给小刀面子，除了彪胖子出钱雇的，不然谁会凭白无故结这么大个梁子？

我一想，有道理。

阿达垂头丧气道：都怪我，现在不夜天也不接我们了，这下连累了兄弟们，都怪我，唉，那骚货现在又回彪胖子那儿去了，真是红颜祸水。

小刀手一拍，咔嚓一声，把一条木凳劈了，狠狠地说：老子去把他废了。

说完就往外面冲。

我吼住他：小刀，给我站住！你他妈以为这是哪里？这是北京。

小刀停下脚步。

我接着说：你妈的，你说是彪胖子干的，有证据吗？故意伤害是要判刑的，再说了，北京是人家地头，甩个千百块的雇他妈一帮人，你能放倒几个？

小刀脸色从来没这么难看：那你说该怎么办？

我不说话。

整个屋子安静下来。阿达用他木乃伊一样的手，朝一个柜子指了指，小刀马上明白他的意思了，跑过去，背靠那柜子，盯着阿达。

阿达叹了口气，说：柜里还有点钱，大家散了吧。

小刀把柜子扣得死死的，说：不行。你他妈能不能出息点。

阿达几乎跳起来吼道：赵小刀！现在我还是老大，你他妈听我的成不？

我第一次见阿达发火，阿达的咆哮很有威严。乐队要解散了，其他几个兄弟哭了出来。

钱谁也没多分，都匀一部分出来给阿达医手。乐队解散了，我们又要考虑生计问题了。我见不得这种离别场面，转头走出房门去，看见阳台上有一块断砖，鬼使神差地拿起来，想起刚才小刀劈木凳的狂怒，心知这两年的江湖奔波令此人功夫大进。于是我呼出一口气，咔嚓一声，一掌把这块断砖劈了。

妈的，手有点痛！

12. 转　折

　　我忽然想起那天玩弓箭的欢乐来。上帝还真是变脸超快，刚快乐了一会儿，乐队就要解散，这下我后悔当时和小刀用光了身上所有的钱。
　　我个人认为这几个月阿达是什么都干不了了，但是小刀和阿达自己都不这么认为。
　　小刀跟我说：这可是个机会，阿达双手包着绷带，那可以去卖唱啊，你看地铁里卖唱的哪个不是缺胳膊少腿的？这样才能博取他妈的同情，你懂什么。
　　小刀就是小刀，他的乐观和那句他妈的，实在给人莫大安慰。
　　于是我和小刀盘算着白天先去联系场子，看有没有地方能容我们唱歌挣点钱。但是我们心里都清楚，这年头，有个固定的专场不容易，一个完整的乐队找个固定的婆家还喊难呢，更别说就我们俩单人了。我们心里都没个底，说不好还真要去地铁卖唱来医阿达的手。

　　跑了几天，搞乐队的积蓄是弹尽粮绝了，没办法了，小刀抄起吉他，和我一起去地铁口唱歌去。第一天来往行人扔点硬币，不够我们三人吃两顿。这下可就难倒三个大男人了，饭都吃不饱，怎么唱歌呢？

　　小刀总是在梦想：总有那么一天，会有一个唱片公司的老总从地铁经过，被他的歌声吸引，然后包装他，炒红他，他的唱片卖遍大街小巷，然后大牌明星找他合唱，再然后四大天王拜他为师，接下来他转签约英皇百代等等……

　　我想了一下，我完全可以离开的，完全可以去找点别的工作，我不属于热衷音乐或是痴迷艺术那一类人，我跟小刀混，完全是脑抽筋。音乐是小刀的梦想，不是我的梦想。

　　我没有离去，是因为在我落魄的时候阿达乐队给了我一碗饭吃，我不能不报答，起码要帮他度过这段双手不便无力谋生的难关。至于赵小刀，不知道为什么，我还是不想离开他，也许是因为陆女神的事。

　　想到这里，我就更积极地奔波于联系酒吧歌厅，希望能有一两个场子让小刀唱一唱，只要小刀唱，就一定会挣钱的。终于我们适应了这样一种生活，白天在地铁口挣点赏钱，晚上呢，就跑几个不固定的场子，没有固定报酬，哪位爷点歌，我们就能收百来块钱。

　　晚上很晚回到宿舍，阿达煮了东西给我们吃，不过就他那手做出的东西，我和小刀吃了，让我们的歌声更加愤世和摇滚。小刀最近大概压力很大，晚上要看着一本叫《人格分裂：非正常人类研究》的书才能睡，作者是个日本人，叫稻田章司。

就这样几个月之后，我们遇到了一个叫罗大良的帮派大哥，他给了我们生活的希望，我们开始跟着他混，混帮派，混社会，开始了自己的黑帮生涯。

这一场突如其来的际遇，让我和赵小刀的生活发生了一个重大转折，包括最后入狱。

13. 弓　箭

　　这段时间阿达待在家里写了很多曲子，我忽然觉得我应该写点什么东西，来纪念一下我的纯真年代，将它们和这个为了十块钱卖唱的生活狠狠划上一道分水岭。

　　故事要从我中学看了《射雕英雄传》开始说起，那时我一度痴迷于玩弄弓箭，想扮大侠，扬正气，于是天天拿木制弓箭来练习，不觉厌烦。那时弓箭成了我的最大兴趣。

　　我们县城里出过一个射箭运动项目的世界级比赛冠军，具体是不是奥运会，我记不清了，只记得从那以后，射箭要从娃娃抓起的口号就满天飞舞，我们中学的学生兴趣社团里，也多出了弓箭社。

　　我加入弓箭社，遇上一个叫肖翼的家伙，他与我爱好相同，为了摸摸国际标准比赛用弓箭交了会费，意料之外的是一个几十人的校弓箭社只有一副标准弓箭，其余全是木仿的，并且一切弓箭只能在室内靶场玩，不可以拿出去。这令我俩很愤恨，因为会费可以买到两副标准弓箭。

于是肖翼总是很遗憾地说，妈的，不可以场外玩有什么意思？

我认为都一样，但后来才明白他是说不在场外玩没有女观众，效果不好，我对他说：你小子怎这么俗气？

他说：你傻的呀，你看人家郭靖是怎么泡上黄蓉的！大侠不表现表现，怎么会有人知道。郭靖不穿着成吉思汗送他的几十万的貂皮大衣，黄蓉怎么一眼就从人群中看到了他？

于是我和肖翼经常悄悄拿着弓箭，到场外摆造型，来来往往的同学都用一种异样眼光看我们。当然，当时我们两个二货，觉得自己奇帅无比。

有一天我们正在兴高采烈地对着空气耍帅，忽然看见隔壁班里一个痞里痞气的男生带着一帮坏小子围着两个女生起哄。

肖翼不停地戳我：快快快，机会来了，再帅也没有了。

我脑门一热，就跑了上去问这小流氓在干什么。

这不是一句废话吗，人家正在娱乐。他一招手，身后跑出两个跟他一样丑的，准备揍我一顿。

这时，我的行动来了，搭上箭，对他们说，不想成太监就给老子滚。我未料到他们不滚，情不自禁一箭射出，从对方右耳擦过，吓得他们魂不附体，然后我很大侠地说：你们再敢缠这两个女同学老子灭了你们。

那两个女生中的一个对我微微一笑，我从未见过如此天真可爱的笑,我想,我生命中的黄蓉出现了。

　　有的人或许一辈子奔波就是为了找到这么一个人,这么一种感觉,我还算幸运,我所付出的只是被记大过,夸张点说,我真他妈觉得当时天地都凝固了。

14. 情　敌

接下来的两个月，我被记过，理由是蓄意伤害他人身体。

肖翼说，你这应该是打扰他人调戏妇女。

我什么也不去想，脑子里萦绕的是那个微笑。这种状态是很危险的，具体表现在一次训练中我一时走神，射掉了另一位同学的裤子，那人大骂，你会不会射啊，你他妈发什么呆！我才回神过来。往后箭术大不如前，箭箭中红心，但全射在别人靶上了。

我觉得有必要去了解一下这女孩的名字，否则我不久将被开除出弓箭社。但我发现更夸张的是肖翼也神情恍惚，有一次把弓给射了出去。

我把肖翼叫出来，去饭店坐下，准备谈谈情况，没想到他先开口说：好兄弟，哥我有意中人了。

谁呀？我赶忙问，然后笑着说，我也有意中人了。

他问：什么名字？

我说还不知道。然后他说真没用,我那个呀,叫李茉。

我说:什么名字,这么俗气。

他说:你懂个屁,这人你认识,上次你射那小流氓她还冲你笑,就是她。

我说:哟,你把名字都打听到了啊。

他又说:你小子喜欢她什么?

我横着口气问他,问得古怪:你又喜欢她什么?

他扔掉烟头,说:好,公平竞争,咱俩不谈这,明儿还要上课。

在他拉门出去时,我站起来说了一句当时令我自己都感动的话,尽管以后想起觉得有点幼稚,但这句话是我这混账三年说的少有的一句纯真的话,我说:谁追上都不要紧,咱俩无论如何是兄弟。

我心里却在想,敢和贫道争师太,你这王八蛋输定了。

他背对我,说:那女的,跟咱同级,是一班的。

15. 夏顺寒

那段时间,我天天琢磨着怎么能引起李茉的注意,不知道是不是所有人,都有这样青春期的经历。后来我决定把学习搞上去,比如说考个全校第一什么的,这样的话,李茉就会听见我的大名,对我仰慕有加。

这是我第一次为前途打算,虽然动机不是人们口中呐喊的为"四化"奋斗,但如果不遇见李茉的话,我是不会有动力的。

这为我日后加入文学社进行一次关于"早恋是利大于弊,还是弊大于利"的辩论会准备了绝佳材料。艺术来自生活,流氓来自生活,虚伪来自生活,早恋也来自生活,这就是一个实例,很有说服力。不错不错。

经过几个月努力之后,我发现我无论如何是考不了第一名的。

肖翼指着考第一名的那个有点娘娘腔的秀气男生跟我说:

你也不看看你是什么货色，怎么跟人家争第一名啊？

我问：咋啦？难道他比我长得好看就可以考第一啊？

肖翼笑着说：呸，人家那是练过《葵花宝典》的，功力出神入化。

考不了第一名，于是我想来个曲线方式，去加入文学社。才子总是很吸引佳人的。

我这就认识了一个叫夏顺寒的，此人极像孔乙己，单薄得像陈年废报纸，若是让他玩一下我那弓箭，说不准是他人被射出去。

然而此人小时候就极富才名，刚到王勃成名的年龄，他写的诗就被人们传阅，于是有人说他是王子安第二，有人说初唐四杰之首根本不该是王子安而是夏顺寒，还有人说王子安算个屁跟夏顺寒一比简直就一大白痴。

不过据我所知，他七岁成名的诗是这么写的：

我是太阳的儿子，

我走过四季。

世界在我眼中，

变得云里雾里。

我发现一个严重问题，

我原来不是太阳的儿子。

至于这种诗是如何令我们这里的人倾倒，那是因为他说了句真话，他不是太阳的儿子。对，他是市上一领导的儿子。

所幸此人没有太子架势，很是一副谦谦君子相，很是有才气那种，当他混上文学社长时，我觉得此人不错，是个人才，马上和他建立外交关系，妄图傍个名流，然后我自己也可以装作很懂文学的样子。

然而事情并不按我想的那样发展。

一个学期之后，在我和他的带领下，弓箭社的人全都沉迷于钱钟书张爱玲鲁迅余秋雨，从此不务正业；而文学社的人全都野蛮到见了一本宽度稍窄的书就要用弓射出去。不过这都不是最严重的，最严重的是弓箭社的人常发表一些反映这所学校真面目的文章，令校长极为恼火，而文学社里有个傻瓜练箭时功力不足，一箭误伤校长肩胛，幸无大碍。

然后，结果很好预料，文学社与弓箭社都被取缔了。李茉肯定也听说了，学校的社团出了两个败家子，一个叫夏顺寒，一个叫周子丹。用江湖行话来说，这就是"绝代双骄"。

16. 喊 声

我们的爱好破碎,我一直觉得我该负责任,于是约了夏顺寒吃酒。不料此人有太白之才,没有太白酒量,半杯啤酒就醉得他大叫大唱:

无情的雨轻轻把我打醒,
让我的情也从此被否定。
原来你心中已经有人代替,
让流下的泪也能够化成雨。

我那天见他醉成那样,于心不忍,也想来点壮举响应他一下,便趁酒性上来,跑到学校李茉所在的那个一班,他们正在晚自习。在众目睽睽之下,我大叫三声李茉,尽管这并不代表什么,但他妈的有几个自称护花使者冲过来把我理所当然地揍了一顿,有一个边揍边喊:色狼呀,流氓啊。

我当时就木了,我怎么叫她几声就成了色狼和流氓,说:你们他妈平时不也这么叫她吗?

这时那伙人反应过来我并没干什么,只是呼喊了一下她的名字。可惜我已被打得周身是伤就差七窍流血了。

接下来的事令我终身难忘,我一言不发走出这间教室,坐在楼道上。李茉放下自修,跑出来,说:对不起。

然后也坐下,笑着问:你怎么知道我的名字?

她坐我旁边,我闻到她头发刚洗过,用的是薄荷味的洗发水,经过辨别,我认定她用的是海飞丝。

然后我本来想告诉她一个男的因为一个微笑喜欢上一个女的并且跟最好的朋友成了情敌,但是这样的话估计她听了会觉得本故事纯属虚构然后建议我去考编导专业,并且鼓励我说:你真是编故事的天才。

这时伤口流出血来,从右脸颊滑过。李茉拿出纸巾,伸手轻轻帮我擦去,顿时我像触电一般,呆住了,什么话也说不出来。

呆了数秒之后,教室里有人叫李茉,她应了一声就跑了,然后突然转身眨了下眼说:我认得你,下次别把弓箭拿出靶室,否则又会被记过哦。说完转身不见。

我心头一热,心想现在让我再受处分也值了。可是我的弓箭社啊,我亲爱的弓箭社啊,让我认识李茉的弓箭社啊,已经被取缔了,明天就会公布我们学校不再设立弓箭社。想着,又觉得可惜。

或许她这个举动不代表什么,但我却受宠若惊,两行泪夺眶而出,如果刚才那一刻可以凝固,我一定毫不犹豫。这他妈矫情的青春期!

我回饭店看夏顺寒时,他已恢复正常,因为他说:今朝酒醒何处？杨柳岸晓风残月。

很遗憾，这句没齐秦的歌好听。

以上大概是我最纯真的回忆，这一切会被人看作人小鬼大，但如果没点这种经历，那样的青春，多么苍白。或许我老了以后，回过头来想起这一天，我还会摸着弓箭，偷偷笑，毕竟上演了一次英雄救美，毕竟拥有回忆。

至于夏顺寒，也是性情中人，我曾猜测是否他女朋友被抢走了，但他总是说书中自有颜如玉云云。

这一切与他唱的《无情的雨，无情的你》相矛盾。

他总把心事藏起来，我断定此人以后在文艺界混不了饭吃就只有出家，但这又是一个矛盾。

夏顺寒日后混了黑社会，因贩毒被抓。当我看到新闻里两民警同志站在他身后，我还以为此人已经大红大紫，出行还要警方保护。

或者他写了部关于警匪的小说，正在拍电视剧。

或者他写文章骂了法官被栽赃寻仇。

这些皆在我估计之内，不料现实令人大失所望。

我妈那天看了这个画面还没听下文就一拍桌子，说：你看看，小时候跟你一起玩的那个，人家多有出息，上电视了。

我没回答，这厮真的成了咱班最有出息的人，因为咱班就他一人上过电视，其他的与其说默默无闻不如说一塌糊涂。

相信我们那些人看了这一幕都不好受，这说明纯真的时代，真的离我们远去了。

17. 转　校

我在酗酒第二天被开除出这所中学。

和我一起喝酒的夏顺寒也被召进政教处，然后他那市长爸爸闻讯来电话说，胡说八道，昨晚我儿子一直在陪我吃饭，哪儿去喝过什么酒。

我没搞懂我啥时成了他老子，因此夏顺寒平安无事，我被开除。

揭发我们的是之前那个小流氓，他要报一箭之仇就来了那么一贱。

我想可能换个新环境我会比较有前途，令我矛盾并且牵挂的是在这个地方，有个李茉。她或许根本不知道我的名字，我不能留下点什么遗憾并且日后来回忆，我决定向她表白。

这与多年后阿达向彪马表白应该是不一样的。

肖翼和夏顺寒一人给我"起草"了一份情书，算是帮我最后一个忙。

夏顺寒不愧是大才子，开头第一句就是：

曾经沧海难为水，除却巫山不是云。

然后是昔日遇君兮曾忆否，笑貌音容犹在目，这几句还好懂，后面就是兮兮兮个没完没了。我说这么兮下去人家能看懂么？

夏顺寒一拍胸口，说，放心，我后边写通俗些。

然后又写：

柳飞絮兮，思君也。

雁南归兮，忆君也。

四季回兮，无不念尔。

思念成疾，望君怜兮。

无奈今日离去，恨尔不知我心。

十年生死两茫茫，不思量，自难忘。

整封信差点令我昏倒，如果我是女的收到这种信不自杀就算是心理承受能力强了。夏顺寒实在是顽固守旧，都什么年代了，还写出这样的信，也不怕苏东坡从坟里跳出来。

单从当时的文风来看夏顺寒这个人，他如何会放下黑墨拿起白粉，这个问题真让我百思不得其解。

相比之下，肖翼写的就带有语言暴力，但不可否认他比夏顺寒写得简洁，易于接受。

他是这么写的：

妈的！你知不知道我是多么喜欢你。自从上次我射了小流氓他妈的一箭，我就爱上了你。我不知道为什么，但我是真心的,格老子我要被开除了,我想走之前见你一面,你若不来,我就天天守在学校门口,直到看见你为止。

署名:某某某。

我将这两封信给了几位同仁奇文共欣赏,他们一致认为肖翼写得好有气质,好有品味,有席天卷地西楚霸王硬上弓之势。

可见夏顺寒与肖翼二人相比,肖翼写的更受欢迎,但在当时我无法预料肖翼日后会成为一有名的文学家,而夏顺寒成了流氓,这仿佛全颠倒了。

走的时候,体育处五个老师全来相送,并且说了些一路走好之类的话。肖翼睡过头迟到怕赶不上送我上火车,于是一路飞骑,摩托飞足一百六十公里每小时,穿梭于大街小巷中,竟没出什么事故,有这种兄弟真没多的话说。

他一赶到,啪的甩掉头盔,破口大骂:妈的混蛋,老子为了送你差点把命玩完了。

我说,谁要你送,我走了你不准追李茉。

肖翼哈哈大笑,两眼已红润,估计心里在想:你走了李茉就是老子的了。

然后一个拥抱,如同多年不见在街头重逢一样,我原以为他会像结义兄弟拖雷送郭靖一样,拿来羊奶酒,然后豪气干云地喝下,说什么此去中原路途遥远之类的话云云。跟他拥抱之后我才发现原来我不是郭靖,我就一混蛋,当时还想着李茉。

我上了火车,有点出脱尘俗的感觉。

可惜我始终没有向李茉表白,甚至她还不知道我的名字。

在她成为肖翼的女友之后,她才会听肖翼说起,有这么一个人,曾喜欢她,很无聊。

当我以迅雷不及掩耳之势转到邻市学校时,以上我所猜测的全部应验。

由此再无回忆。

然后我就在这所学校认识了咱们爱说他妈的的可爱的赵小刀同学,和一个跟我一样觉得高考无望然后一起报考艺术院校并一起落榜的可爱女生黎晶晶,最后撞上了陆女神的血案。

于是,他妈的、功夫、音乐、编剧理想,成了我中学时代最后的四个关键词。

我就读的新校是个"二塌糊涂"的地方,比以前那个一塌糊涂的好一点。校长大概脑子少根筋,认为自己当了校长,位高权重树大招风,要换个名字。他原名无人知晓,但改名后让人大跌眼镜,他改名叫"周木人"。

我和父母一听,就吓了一跳,以为他是鲁迅亲戚,就连校名也叫鲁校。需要说明的是:这里不是山东,但见了这儿的学生都奶里奶气一副幼稚相,我觉得一定是个语误,该叫乳校。

我准备再去瞧瞧这儿的老师,虽然对于我这种人来说,师资力量没多大意义。当我走到教室窗口,听见里边一生物老师正津津有味地讲野猪的特征，而下面一群学生毫无兴趣，都朝窗口望来看我这位新同学。

这时，那老师喊：喂喂，你们看着我哟，不然你们不会知道野猪是什么样子！

我一惊，端详此君面容半天，想看看野猪究竟是什么样子。

然后下面一阵哄笑，那老师这才反应过来，脱口而出：笑什么笑，没见过野猪还不好好听课。

我又去问了一下我的班主任：请问，你们这里有弓箭社什么的吗？

她吓了一跳，说：小孩子不可玩，那是凶器。

可以预见，我如何混完我的中学时代，混入大学，又混入社会，成为混混。仔细想想，我的混混生涯并非与常人有异，人有一条天性的规律，就是混！

混文凭、混饭碗、混资历等等，所以人人都是混混。

18. 天生是歌手

在中学时代，我曾认为这个世界上理想是最美丽的东西，但是当现实对我进行一番示威之后，我低下了头。

就像小刀唱的：现实就是他妈的，最喜欢强奸理想。

对于这句话，我思考了很多次。从我高中毕业混到重庆的半年，然后混到北京这一段时间，现实还真他妈的现身说法了几次，让我明白所谓现实强奸理想，很多时候并不是违背了被奸方意愿的，说白了，理想和现实，就一对奸夫淫妇。

我和小刀那个美丽的误会，让我和他成了好朋友。就是我前面说过的，全班笑他，我戴着口罩他没看清楚那一次。

那堂课下课之后，小刀来找我，说：哥们儿，我看你也是性情中人，我请你喝酒。

于是我们就干了第一次白酒。

那天在学校外面的小饭馆，我和他正对坐下，此人问我：你的理想是什么？

我说：我啊，想当大侠。

小刀没有笑，想了半天，摇头晃脑半天，说：哈哈，你真会开玩笑，你是想拍电视是不？还是武侠片？

我差点没喷出血来。此人摇头晃脑必是认为我在开玩笑，但自己一时又没明白是什么意思，所以就想了半天，终于想出了这么一个表明自己不是白痴的解释。

上帝啊，朋友们啊，你们现在知道小刀的智商怎么样了吧？

不过说实话，小刀这话还真预言了我半年后突如其来的下定决心要做一名编导。

两杯酒下肚，我问小刀：你是不是想做歌手？

小刀眼里有了异样的光，他一字一顿地说：错！我天生就是歌手。

这话成了小刀一辈子的经典语句。

喝得半醉的时候，我想起两年前和夏顺寒酗酒之后，大喊李茉的名字，现在听说她已经成了肖翼的女朋友，顿时心中气闷，和小刀把两瓶五十二度的老白干给消灭了。

在小刀看来，酒干得越爽快，就他妈越够哥们儿，于是我的壮举坚定了小刀要与我生死一处的决心。

这又是一个他妈的美丽的误会。

于是我和小刀煞有其事地拜了把子。

当时小刀这么起誓说：我，赵小刀，愿与周子丹结成兄弟，今后有福同享，有难我当，有酒一起喝，有妞一起泡，我以后出了专辑让他为我写歌词,我以后成了明星让他做我的经纪人,以后我要是……

我们座位旁边,坐着一桌相当喧闹的学生,听小刀跟我介绍,那边为首的叫李宗圣,是学校的扛把子。扛把子,懂不?就是老大。

我顺着他的手指望过去,那个李宗圣,长得真像李宗盛,只见他叼着烟,满嘴污言秽语,和一帮校内的和校外的混混称兄道弟。

他也看见了我们,于是走过来,端了杯酒,说:哎哟,这不是小刀吗?今天也有闲心出来喝酒?

小刀陪笑着说是呀是呀。

李宗圣坐过来,看着我说:这位是?

小刀说:我兄弟。

李宗圣就开始敬酒,说:小刀的兄弟,就是我老李的兄弟,来认识一下。

我对此人感觉并不怎么好,但是我还是第一次有个老大级的人物给我敬酒,于是笑着喊:李大哥!就把酒喝下去了。

那边桌的混混就兴高采烈起来,都说我好酒量。

这个李宗圣,听说狠出了名,打架斗殴不手软,这所高中没人收拾得下他,于是他就在学校霸道出了名。

当时流行一部叫《古惑仔》的片子,他们那群人学起那套帮会组织,搞了什么扛把子啦什么十三鹰啦什么长老啦,听起来煞是威武。

有一次我就见跟我一班的一家伙，他们帮会里的一个外号叫"长老"的人，偷了校门口一小摊贩的一块表，然后得意非凡地炫耀自己向无畏的犯罪跨进了一步。

这个社会仿佛喜欢颠倒一下，给人点不寻常的惊喜，我当时就搞不懂，为什么这些充满血腥的砍杀复仇、不堪入目的暴力会如此吸引那帮无知无畏的学生。

后来我发现，原来他们都要发泄。

我们的学校教育是不是出了心理疏导上的问题？

19. 古惑仔

认识李宗圣的第二天。

下课铃一响,对于我们来说,一天中幸福的时光就到来了,那就是去食堂抢饭。当时我和小刀腿脚极为利索,我们教室在5楼,但是当下课铃响,我们就冲出了教室,下课铃声毕,我们已冲出了教学楼。动作那个快,老师同学都管我们叫"飞虎对"。

我和小刀开始慢慢地去打饭,然后慢慢地坐下,一边欣赏之后冲入食堂的人群,一边吃着食堂如同石头一样坚硬的米饭,有莫大的成就感。

开饭二十分钟后,食堂一阵寂静,只有吞咽声。只听一声喝骂,我们马上反应过来正是昨天晚上的李宗圣,寻声望去,见他抓起一团米饭就朝一个同学脸上扔去,接着李宗圣与其爪牙扑上前去,拳打脚踢吐口水,极尽侮辱之能事。

我一惊,原来学校食堂的米饭可以当武器。

食堂乱成一团，什么水煮牛肉啊红烧鸡啊炒白菜啊土豆丝啊一切可以做武器的东西都被利用起来，顿时杯盘漫天飞，那个被打的同学一个劲儿地叫救命，无人上前劝止，大概都怕弄脏衣服。

我差点就要冲上去拉住李宗圣，小刀先就把我拉住了，说：妈的，你疯了，敢去管他的闲事。

我看见那人已经满头是血，心中狂气发作：我他妈可是要当大侠的人，怎么能见死不救呢！

于是我高声喊：保安来了！保安来了！

食堂众人作鸟兽散，哗啦一下，全闪不见，地上一只打缺了的碗还在滴溜溜打转。李宗圣等人抓紧时间又踢了那人几脚，然后也鼠窜而出。

我赶快上前，把那被打的同学扶起，他挣扎两下，把我推开，看都不看我一眼，满身是血就跑了。

我问小刀这是为什么。

小刀跟我说：你他妈真傻，老李是什么人，这食堂里的人都看见他打人了，就没人愿意去掺和这事，你想，保卫科向旁观者了解情况，要是指证老李行凶，那肯定要遭报复，要是说不知道，其他同学必定又会觉得你胆小如鼠怕得罪老李，所以大家索性赶快离开现场。

我又问：那个被打的人干吗要跑掉呢？

小刀说：那还不是一个道理，反正已经挨打了，要是告诉保卫科或者老师，又要遭到更严重的报复，不如算了。

我一时不知道该说什么,和小刀坐下来接着吃。整个食堂就我们两个人了,享受VIP包间待遇。

小刀告诉我:你知道是怎么打起来的吗?

我摇头:我刚没注意。

小刀说:嗨,就为一女人。

我不解,等他下文。

小刀又说:就是老李见那小子对面坐的一女生长得漂亮,就叫那小子让座给他,那小子迟疑了一下,老李就把米饭扔过去了。不过据我观察那小子和那女生不认识,更不是男女朋友关系,那小子一挨打,那女生跑得比谁都快。

我奇怪道:就为这个原因,老李就大打出手?

小刀点头:嗯。

我心中冷笑:哼哼,扛把子,就这点出息。

晚上我打了个电话给肖翼,他说:长见识了吧,现在的年轻人都这样。

我嘻嘻哈哈跟他聊了会儿这边的一些好玩的事情之后,他提起李茉来,问:兄弟你没怪我吧?

我笑着说:哎呀,那晚不跟你说了嘛,我们不管怎样都是好兄弟。

我这话很狡猾,没有正面回答我是不是还怪他,反正你自个儿去想。

肖翼说:我现在和李茉一起上学放学,没什么的。

然后我转移话题说到李宗圣,肖翼说:你还是别惹他,要真看他不爽,就搞副弓箭,暗地五百米开外给他一箭不就结了。

我说:嘿嘿,这所学校就是没有弓箭,他们说是凶器,估计以前有人用来射伤过校长。

肖翼说:什么凶器不凶器的,怎么,用米饭砸人就可以,用弓箭就不可以啊?好了好了,不跟你说了,李茉叫我去看电影,我走了。然后就挂了电话。

我一听,心里一酸:他妈的这还叫没什么?

现在想起来,觉得当时好幼稚,当时人家一起上上学、看看电影什么的,就叫没什么。如果说有什么,那也是看完电影之后的事。

20. 邂　逅

第二天下午,小刀来我寝室把我从床上拖了起来,大声吼:我操,你他妈敢翘课!

我迷迷糊糊睁开眼睛,说:你不也没上课吗?

小刀笑了:吓你呢,这是星期六,走,出去玩去。

然后我就起来了,跟他一起去了一个叫什么"雅木吉他"的酒吧,那个酒吧的老板是小刀一个初中同学的爹。这个酒吧是学生经常聚集的地方,小刀一到这个地方,就像回到了故乡一样亲切。

小刀点了一首《往事随风》,他的拖音唱得比齐秦还齐秦。反正当时全场掌声轰鸣了我的耳朵。

有一个女生跑上来给他献了一枝花,小刀趁势要给那个女生一个拥抱,那个女生推开他,尖叫着跑了。

我终于领略了小刀的魅力。你可以闭上眼睛听他唱歌,但是当你看到他的脸,就不那么有亲和力了。

对于这个现象，我只是想说：上帝是公平的。

我之所以详细介绍小刀在酒吧的光彩，一是为了给小刀今后往酒吧歌手发展的故事情节以预示，用术语来说就是铺垫。另外一个用处就是引出下一个要出场的人物。

她就是黎晶晶。

小刀唱完之后，坐在酒吧最东角落的一群女生开始尖叫，然后老板播出下一首歌的前奏，那群女生把话筒抢了过去。

然后在那群女生中有人拿着话筒唱了一首《如果云知道》，许茹芸的。

她的歌声以一种莫可言状的穿透力感动了我的心。我寻声望去，东角背着光，看不清她的长相，但是这个歌声让我无限遐想。

小刀第一次赞人唱歌，他说：妈的，好听。

我记得我的第一次关于异性纯真感动是李茉为我擦额上被打出的血，第二次就是听黎晶晶唱这首歌。我差点哭出来，这首歌歌词我不知道，只是听清了这几句：

如果云知道，

想你的夜慢慢熬，

每个思念过一秒每次呼喊过一秒，

只觉得生命不停燃烧。

如果云知道，

逃不开纠缠的牢，

每当心痛过一秒每回哭醒过一秒，

只剩下心在乞讨你不会知道。

黎晶晶把最后一句"你不会知道"唱了两遍，一瞬间，我所看过的书上的所有爱情故事就这样浮现出来，我一时悲伤莫名。

21. 卧谈会

回到寝室,我们开始开卧谈会,题目是今天看见了几个美女。

忘了介绍一下,我寝室里的人,反正以下出场的都是我寝室的,我们共四个人。马言、小马哥、苏老九和我。

当我告诉他们我今天被一首歌感动的时候,他们哈哈大笑。

马言对我说:我看你娃是青春期萌动了吧,你见着那妞长什么模样了吗?

我说没看清,不过我觉得有这种歌声的一定是美女。

苏老九说话一贯喜欢用姑苏慕容那套"以彼之道,还施彼身",他对我笑道:你不常说上帝是公平的吗?

然后他们三个就笑了,马言又说:你都说上帝是公平的哩,你希望那妞缺少点什么呢?

我还没说话,苏老九就说:嘿嘿,我看她一定是个肥婆,身材奇差，子丹老弟你说是不？最好是缺少身材，免得丢了长相。

马言抢过话头：九哥你就乱说了，典故都说丑女可以白头，缺少长相那是最划算不过。子丹老弟，你想她要是长得丑，岂不是身材特好，那你在床上可就舒服了，你再想想，反正女人嘛，捂上被子不都是靠身材嘛，到那时哪个男人还注意她长相啊？

我一听，耳根都红了。

一直躺在床上没说话的小马哥发话了：人家好好的一个女人，你们就非要给人家改造出缺陷来？

苏老九说：这不是按照子丹老弟的上帝公平理论推理出来的嘛？

我说：还是小马哥说得好，我就一句话，你们就把我刚欣赏的女人给改造了？

小马哥接着说：妈的，明天去看看什么样不就行了。要看得顺眼我们就抢她回来，长驻我们寝室代表了。

苏老九和马言一阵淫笑，然后附和小马哥的决定。我背心都凉了，心想你们这群狼，你们敢乱来我就毙了你们。

就在多年后我和我的第一个女人发生关系之后，我突然觉得那时候的想法真的太他妈虚伪了。相比之下，小马和马言对性的赤裸裸的认识就无畏得多。

实际上，我之所以追不到女生，就是想法太过时守旧了，都什么年代了，谈一个女朋友就想着结婚。

感情嘛，不就他妈的玩玩而已。

第二天星期天，我早早起来，跟小刀去了那个"雅木吉他"酒吧，希望再听到那个女生唱歌。

可惜她没有出现。

我们在那个酒吧认识了三个喜欢音乐的同仁，两男的，一女的，于是我们搞起了一个五人小组合，开始以小刀为核心做一些漂亮的和声。

我当时只是觉得这些满好玩，但是没想到这些和声会成为我和小刀在北京流浪的那段时间用来混饭并医治阿达断手的利器。

那天看慕容雪村的《成都，今夜请将我遗忘》，看到里面有这么一句：生活突如其来。

我深有体会。

我们五人组合里有一个叫叶子的，男的，长头发，脸很瘦，戴副黑框眼镜，十根指头无比修长，听小刀说此人的手修长独特，有两个作用，一是弹吉他，一是摸女人。

叶子弹吉他真的很帅很潇洒，能吸引不少女人，所以他就经常操练他十指的两个作用。

我就在那个时候迷上了吉他，我不是为了摸女人，我真的觉得这是一种表现自己的方式，跟我当初想当大侠是一样的。

于是我用了那个月的生活费，买了一把吉他，开始跟着他学。

叶子告诉我，他和我们学校里的李宗圣是好朋友，所以知道李宗圣一些事情。

我问他什么事情。

叶子掏出一个绿色的巧克力豆一样的东西，问我见过没。

我说：见过，超市里有卖，是不是达达乐队打的那个广告，叫MS什么什么豆。

叶子扶了一下他的黑框眼镜，说：你个傻蛋，这是摇头丸。

我一听，心想这不是犯法的玩意儿吗？

叶子笑了：你知道这玩意儿有什么作用吗？

我说不知道。

叶子学着周星驰经典作品《唐伯虎点秋香》里华安向华夫人介绍"含笑半步癫"的语气，说：这可是居家旅行杀人灭口必备良药。

我笑了，说你真逗。

叶子说：你就不知道了吧，这玩意儿是男人的法宝，只要给女生喝的东西里下，她就会兴奋得失去理智，那时候你把她怎么样都行，李宗圣那帮小子就擅长用这招，把人家打来吃了还说人家是自愿的。

我看着那个小小的巧克力豆一样的东西，觉得有一股热血冲得我说不出话来。

暑假放两个月，我在叶子那里待了一个月，学了些吉他，也见识了一些关于那颗小巧克力豆的效果，我就亲眼见过老李把一个头摇得直甩的女学生拖进包房。

我当时就想报警，叶子骂我一通：你也不看看这是什么地方，这事儿多正常呀，发生这档事儿比吃饭拉屎还正常！你少他妈以为你是救世主。

这话骂得我哑口无言。

因为叶子告诉我：他以前也是我这样，但是当他过去把那个女生抢出来的时候，那个女生疯疯癫癫地甩了他一耳光，说妨碍她快活。然后叶子被围殴了一顿，连待在酒吧弹吉他的工作也没了。

叶子理直气壮地骂我：你少他妈以为你是救世主。

他理直气壮得好像我做错了什么事情，好像我触犯了什么道德或者是法律的某个禁区。

就跟我多年后在北京理直气壮喝止小刀不要去报复彪胖子一样。

我试想了一下，如果我当时冲过去阻止李宗圣的举动，我会有什么样的下场，结果一定是和叶子一样的。我突然想到如果那天那个唱歌的女生在这样的环境下，被老李拖过去，她本应该唱出动人歌曲的嗓音变成失魂落魄的尖叫，这将是怎样的残忍。

于是这个想法刺激了我要努力做一个大侠的念头，我必须有好身手，在没有弓箭的情况下，也可以徒手将老李及其党羽打倒。嘿嘿，这又是满天真的想法。

22. 打　架

　　城里有许多武馆，我约上小刀，遍访名师，寻找一个可以把我教导成在没有弓箭的情况下，也可以徒手将老李及其党羽打倒的强者的武林高手。

　　我们在各个武馆转了一周，发现馆内许多肌肉男一面卖弄着自己的皮囊，一面打理着哑铃杠铃上的灰尘，不时发出牛或者驴一样卖命使力的声音，还有的模仿李小龙，出拳出腿伴随着长长的尖叫。

　　小刀摇着头说：不就多学了两拳两脚吗？作风高调得要命，怎么，你想跟这些人学？

　　我扫视了一下这个武馆，突然眼前一亮，沙袋旁边一直没有发出任何声响，默默挥空拳练习的老师父，身形不高，貌不出众。我一下子就震撼了。我相信不起眼的才是高手。

　　小刀看了看他的身材，说：咿呀，这么单薄的老人家。

　　我说：我跟你打赌，此人一定是高手。

于是我走过去，跟那老师父说：我想跟你学功夫。

老师父没有看我，还是打他的沙袋。我发现他每一拳打在沙袋上，沙袋并不会动，却发出力量碰撞的声音。

老师父头发已经白了，但我估计耳朵应该还不聋。

我大声一点对他说：老师父，我想跟你学功夫。

老师父还是没反应，小刀吼了一声：我操。

他还没操完，老师父轻轻拍了他一下，他一个趔趄哗的退了下去，像瘫了一样坐在地上。

老师父这才发话了：就这点出息，还想学功夫？说完看都没看我一眼，就走了。

真的遇到高人了，现在摆在面前的问题是：我要不要以死相逼，缠着拜师？

小刀说：不用，现在都什么时代了，人和动物最大的区别在于人会用工具，谁说打架非要练个拳脚什么的？我就不练。

我曾亲见小刀打过一次架，随手能抓起来的东西都被他用作武器扔扔砸砸。据说有个酒吧里的几个女郎很是欣赏小刀这样的作风，因为有一次小刀在酒吧跟人打完架之后，把那人拎起，用额头去狠狠地撞击那人的头部，酷似大猩猩。那帮女郎一下子就爱上了这个动作。

后来我听小刀说那是因为自己额头长了几个青春痘，想用这种比较夸张的方式撞破它们。

说起打架，我想起以前我们读小学的时候，有一次打群架。

群架是我们这边的说法,用专业一点的术语来说就是聚众斗殴。当时是我们三年级一班的班长同学被三年级二班的体育委员打了一顿,原因不明,江湖传说是为了一块雪糕。

然后引发了两个班的集体斗殴事件,我们一班有男丁四十二人,二班有男丁四十七,我们班因为班长吃亏在先,动手也算师出有名,顾不得我们人少就全冲过去把人家二班的教室门口堵了,人家都说哀兵必胜嘛。

二班班长姓马。一班班长姓牛。

马班长当时就对牛班长吆喝:诶诶诶,你们一班是准备到我们二班教室里来客场作战是不是?

牛班长想了一下,要打也不能在人家教室里打呀,我们伟大的解放军自卫反击越南的时候,也没说打进人家首都,要是打进首都了,那性质就变了,就他妈不是自卫而是侵略了。牛班长权衡了一下影响,摸了摸自己刚被他们班体育委员打肿的脸,觉得这口气是无论如何咽不下去了。

牛班长说:不能白被你二班欺负,你自己说这事怎么解决。

一班男生跟着附和:对,你说怎么解决?

牛班长这样说完全是为了激起一班男生的同仇之心。多年后回想起来觉得这厮当时才那么小一点岁数,就那么有政治头脑,怪不得马班长要说:牛班长,你真牛逼。

马班长接着说:要不咱们约个时间约个地点干他娘一场,你说好不好?

然后两个班的小学生都大叫好啊好啊。

二班的事主,就是那个体育委员,慎重地写来了一张拜帖:

因为我和牛班长发生了一些不愉快,导致两个班的同学在二班教室门口发生冲突,为了不造成大面积不良影响,经马班长牛班长研究决定,一班与二班的同学请于明天下午四点整,在学校旗台后面那个操场集合,集体解决我和牛班长的问题。另外,鉴于人数众多,动起手来太过混杂,不好辨认,为了避免误伤自己人,造成不必要伤亡,所以请一班同学明天集体穿上夏制校服,二班同学集体穿上冬制校服。希望到时大家准时着装出席。谢谢。

这张拜帖就贴在旗台后面的公布栏黑板上,其中错别字甚多,比如"出席"被写成"出息",再比如"辨认"被写成"便认"。

贴在那个地方如何能不造成大面积不良影响,我实在想不通,最后只能得出这样一个结论:这是一群小学生。

这场轰动全校的集体斗殴事件就这样发生了。那天两个班的学生集合之后,只听牛马班长大喊:同志们,冲啊!

混战以一班大获全胜告终。我们事后总结原因,想来当时正大冬天,一班学生包括我在内的,穿着夏制校服,短衣短裤,显示出了惊人的毅力和异常悲愤的力量并且大发神威,所以我们就在气势上先把二班给打下去了。

23. 功　夫

我仔细思考了一下，我一定要学功夫。

于是我马上缴了武馆的会费，开始的一周，我啥也不干，跟着教练拉韧带，那个老师父没有注意我，倒是另外一个年轻人过来跟我搭讪，他问我是不是想学功夫。

我说是。

他说：为什么现在才开始练韧带呢？应该小时候就练习才对呀。

我说：这个不怨我，谁叫金庸小说对小学生普及不到位，我都是上了初中才喜欢武术这东西的。

他笑了说：你的意思是要是金庸小说普及小学生了，你打小学就开始练了是不是？

我说是啊。然后开始怀疑这人的逻辑能力是不是有点问题。

他接着说：我也喜欢武术。

然后比划了几个腿法，一记长长的侧踢之后发出长长的尖叫声。

我说：看出来了，你喜欢李小龙，我也很喜欢。

他很惊喜：真的？我从小就喜欢李小龙的电影，我练截拳道已经二十年了。

我"啊"了一声，做出很震惊的样子，说：你真牛。

然后我问他：我可不可以跟你学功夫？

他皱眉说：你会不会年纪大了一点？

接着他凑到我耳边，悄悄跟我说：看到没，那边那个老师父，那才是真的高手。

我一惊，问：你怎么知道他是高手。

他说：你没见武侠小说里都说吗，不出众的才是高手，你看《天龙八部》里的扫地僧。他是我大师兄。

我说：哦。

我对此人大有好感，因为觉得他也是爱好武侠的人。他姓李，估计是迷上李小龙之后把名字也改了，改成李慕龙。这让我想到《卧虎藏龙》里的李慕白。

然后他悄悄对我说，那老头现在看不上你，你要是能吃苦，我教你些基本功，你有了基础，再去求他，他没准儿就收下你们俩了！我立马点头如捣蒜。

接下来的两周，此人帮助我拉韧带，我把腿放到齐腰高的健身扶手上，他用力从后面把我往前推。我大叫一声，痛得死去活来。他告诉我要短时间把韧带拉开就得要吃苦，每天压腿，然后还要高踢四百下。

第一天，我咬着牙把四百下踢完了，马上摸出手机，跟小刀打电话：快来背我回去，腿不听使唤了。第二天说什么也要把小刀拖去跟我一起练。

一个人自个儿在那里踢呀踢，真跟一白痴似的，我就叫上小刀，让他跟我一起踢，这样效果会好一点。

李慕龙就问：一个人踢跟两个人踢，有什么区别吗？

小刀说：这区别大了，两个人踢可以互相促进嘛。

我说：错，一个人踢跟一白痴似的，两个人踢就有区别了。

小刀和李慕龙问：什么区别？

我说：区别就是现在多了个白痴。

李慕龙喜欢展露他的截拳道，耍耍三连腿呀双节棍啦什么的，反正是为了吸引那些健身房里身材热辣的女人的注意。我和小刀看了，在一旁摇头无语，接着按照他的计划练韧带。

这样魔鬼式的训练，我在第五天就差点要放弃，但是一想，已经吃了几天苦了，不坚持下去不就亏了！于是咬着牙忍着腿痛，任李慕龙对我和小刀可怜的腿进行倔强的拉伸。

我真的没想到自己会有那么强的毅力，可以坚持下来。这两周用小刀的话来说就是：真他妈痛苦！

接下来我要讲的故事，是一个转折，那天小刀和李慕龙都没有来，不知道去哪里鬼混了，就我一个人坚持着把当天的计划练习完毕。那个不起眼的、头发白了的、长得有点像《天龙八部》里扫地僧的老师父走了过来。当时我太激动了，找不出什么形容词了，就只能这么对他描述一下。

老师父过来对我说：你为什么要学武术呢？

我想了一下，既然是高人，就一定要听一点比较高的想法，我说：我要当大侠。

老师父和蔼地笑了，说：这年头已经不流行这套了。

我说：没办法，反正我觉得我应该保护我身边的人。

老师父很满意地说：你能坚持吗？

我坚定地说：可以。

老师父告诉我他决定收下我做关门弟子，他给我上的第一堂课是这样说的：好身手不是用来好勇斗狠的。

师父叫老庄。他让我管他叫老庄师父。这个收徒的奇遇就他妈就跟武侠小说里写的一样！

多年后，我仍不明白，这身功夫带给我们的是福还是祸。如果小刀当时去报复彪胖子，一定会闹出人命，幸好我在一旁喝止了他。如果小刀没有这身功夫，就不会壮起天不怕地不怕的胆子只身去闯荡北京，而会留在这里，好歹找个书念。跟我一样。

周星驰导演《功夫》的时候，我和小刀正在三里屯跟一帮同样叫斧头帮的混混动手。我本来盼望着自己可以以求学者的姿态进入文明首都，而不是沦落到什么问题都要靠拳头来解决的混混群中，但不可否认，没了这身功夫我和小刀在那条道上实在寸步难行。

周星驰导演了《功夫》，"功夫"也导演了我们的生活。我们都是命运的弃儿，如同大海中的一滴水，撒哈拉的一粒沙，都是造物主的一个玩偶，谁也不是救世主。

24. 合　唱

进入夏天的第一个月,在我身边发生了一件非常之怪异离奇而让我无法想象的事情,那就是小刀有了女朋友。

我发现这小子经常一放学就不知道哪儿去了,周末在歌厅酒吧或者是网吧游戏厅也找不到他人,平时上课时恍恍惚惚,于是我觉得他有问题了。

经过周密侦查,我发现小刀暗恋的那个女生经常一个人站在校门口,似乎是在等什么人。还见她经常走路走着走着嘿嘿发笑,行为相当怪异。

这两者会不会有什么因果关联?

我试探着问过小刀,小刀支吾着不说实话,我一来气就跟他说:你娃要追上那个女的,可不能瞒我,你得请客。

我是指隔壁班小刀喜欢的那个女的。

小刀说话了:你怎么就跟香港狗仔队一样,喜欢挖人隐私呢?

我笑了：这怎么能叫隐私呢？你暗恋隔壁班那女生已经不是秘密了，我劝你还是快点招了吧，是不是搞定了？

小刀跟我说：嗨，没有，我要是追上隔壁班那女生，我能不告诉你吗？

当时听着觉得这句话还没什么，可是后来我发现小刀可真是狡猾的地下党，他谈了一个女朋友，搞地下情，但是不是隔壁班的那个女生，他那样说没有骗我。小刀有了女朋友，行为怪异也就罢了，但为什么隔壁班那个女生也行为怪异呢？

小刀终于说了实话：妈的，她先有男朋友，我才谈女朋友的。

我实在搞不懂这两者有什么关联。应该说这两者根本就不应该有关联，但是偏偏那个赵小刀就让这两者发生了关系，真有他的。

我问：人家谈男朋友了，关你什么事？

小刀说：我暗恋了她那么久，不能吃亏！

我差点晕厥过去。从此我对小刀的智商佩服得五体投地。据我所知，小刀现在谈的这个女朋友是因为小刀在舞台上的光彩才爱上他的，但是他们的爱情只持续了一个月。

我猜想，既然是爱上了舞台上的小刀，那和现实生活中的毕竟有差别，没见有人平时说话跟舞台上唱歌一样的，比如说问女朋友今天去哪里玩，用RAP唱：今天、今天、今天、你想到，哪里、哪里去消遣、消遣？或者是跟女朋友在月亮底下散步的时候吼上一句摇滚：哪里才是我的故乡？

这估计会让那个女生发疯的。

这些都是我的猜想,小刀告诉我,他分手还是因为隔壁班的那个女生。有一次他和他的女朋友在天台约会的时候,不小心看见隔壁班那个女生和她男朋友也在天台。隔壁班那个女生自然是不认识小刀,可是最要命的是小刀见到这个女生之后情绪完全不能自已,当隔壁班那个女生和她男朋友开始拥抱热吻,小刀再也控制不住自己的情绪,一把推开正在怀中撒娇的女朋友,风一样地冲下了天台。

第二天小刀就跟他女朋友分手了,那是小刀的初恋。

从那以后小刀没有再去天台扔过纸飞机或者是大喊他妈的。

隔壁班那个女生就是小刀从初三开始的一个纯真回忆,纯真得跟水晶一样,不管发生什么事情,不管走到什么地方,不管小刀变成什么样子,这个回忆始终都是美好的。

小刀就这样抱着一个已经只能成为回忆的纯真印象,漂泊在北京灯红酒绿处,和各色女人接触乃至上床。阿达有一次告诉我,小刀睡过的女人比他的头发还多,我吃了一惊,阿达不是秃子或是少发的人,阿达那迪克牛仔般的头发实在太骇人,我担心小刀会精尽人亡。

可是阿达还说,小刀从来不吻跟他上床的女人,真是个怪物。

只有我知道,小刀不肯吻,是因为在他的逻辑里,他曾经暗恋过的那个女生欠他一个吻,他不能吃亏。

欠一个纯真的回报，任何女人都不能诋毁或者取代。

在小刀开始谈恋爱的时候，我用尽一切办法认识了黎晶晶。小刀谈恋爱的这一个月，很少去"雅木吉他"酒吧，我跟叶子以及其他三个人成了继小刀之后的另一焦点。于是常在这里唱歌的黎晶晶认识了我。

她是这样一个女孩，身高一米六几，身材不差却也不好。中长发及肩，五官没有任何出彩的地方，但是放在一起却又非常可爱和谐。

这对我以及我寝室里其他三人坚持的上帝公平论是一个挑战。如果说上帝给每个女人满分一百：给了长相八十，此人身材便只剩下二十了；若给了身材八十，长相就只剩下二十了。但是这个女的，咱们的黎晶晶同学，我一直没发现上帝给了她什么突出的地方。后来我们学术讨论了半天，觉的她身材、长相、头脑、嗓子等等，上帝都给了她一个中规中矩，一分没多给，恰恰是最公平的。

人一旦没有优越，也就没有了缺陷。

从我认识黎晶晶之后，就再也没听见过她唱出那晚《如果云知道》那样的动听歌声来，根据推断，想必那天晚上正好是我情绪低落期，或者是当时特定的环境加上特定的时间，和我特定的心情，这样才让我对那首歌曲发生了共鸣。

认识她的情景大体是这样：那天晚上我和叶子照例在那个酒吧混时间，黎晶晶和她一帮同学来，在她又唱了一首歌之后，我听出了她的声音，于是走过去问她可以跟她合唱吗，她很大方地答应了，我这才看清她可爱的脸。

说实话，她没有李茉漂亮。

那天跟她合唱的是张艾嘉的《爱的代价》，一首老歌，唱完之后，她对我说：你失恋了？

我不解地问她：何以见得？

她笑着说：你唱这首歌，演绎得很伤感。

她的笑有一种自以为是的得意，小女生，都喜欢以猜中别人心事为乐。

我为了配合一下她，就点了点头。李茉已经成为别人女朋友了，我还没恋呢，哪里来的失恋。多年后回想起来，这首《爱的代价》让我想笑的是：那个时候的学生仔，懂什么是爱吗？

叶子看出我对这个常来酒吧玩的黎晶晶有意思，有一天我跟他学吉他的时候对我说：要不要我给你弄点药？

我知道他说的是用摇头丸或者是什么什么其他的药把黎晶晶迷倒拖上床。我冷冷地跟他说：不要。

叶子一脸坏笑：你小子怕什么，要把她上了，她敢去告你吗？她把这事抖出来自己也别想抬头做人。

我一听，说：有道理。

然后我接着说：真他妈有道理。

我低下头继续弹吉他。"啪"的一声，吉他弦断了三根，把我手划伤了，叶子赶忙去找绷带。我说：不必了，我回去自己上点药就好。

叶子笑着说：哎呀，你先别走，别以为我这里除了对付女人的药就什么都没了。

我咬着牙对他笑了一笑,然后头也不回地跑了。

算算假期还剩下一半了,觉得有必要回家一趟。好久都没有和肖翼叙旧了,还有点想这厮,回去看看他和李茉进展到什么地步了。于是先给他打了电话,告诉他明天到车站接我。肖翼在那头气喘吁吁地说好呀好呀,电话那头还有女人的呻吟声。

我不知道他当时在干什么。

我后来才知道他在干什么。

小刀谈恋爱这段时间跟我很是疏远,我一个人在酒吧唱些老歌,不由得想起以前的人和事来。于是我赶快收拾好东西,准备回家去避暑。

老庄师父教我的克制,时时都在支配着我的情绪。在家每天坚持练功,约好了小刀开学之后回去跟他较量。我陷入一个问题的深思,我练功真的只是为了像老庄师父一样修身养性吗?叶子说了:你少他妈以为自己是救世主。我觉得这句话说得很对。所以我发誓不再见叶子了。

25. 文青陌路

　　回去那天是肖翼来接我的,他冲上来给了我一个拥抱,差点让我窒息,然后此君帮我将行李箱子拖回家。我跟他并肩而行,看着他挑染成黄色的头发,瘦削的脸廓,带着深邃魅力的眼,耳朵穿了一颗绚丽耳钉。

　　刚下车的时候我险些没认出他来,妈的,这厮越来越帅了,怪不得把我的李茉拐跑了。

　　我心里在想这话的时候,他转头过来对我傻笑,就跟知道我心里想什么一样。

　　然后他把我送到家门口,说:我先回去了,你跟家人好好聚聚,过两天你给我打电话。然后拿出他的手机,又问:你手机多少?

　　我说:还是我打给你吧。

　　肖翼走的时候问我:听说你练功夫啦?

　　我点头。肖翼大喜说:好,兄弟我过两天找你有点事情。

发誓不见叶子之后，我觉得我有必要把吉他卖了，就让肖翼帮我找了个买主，以一百五的低价把我那把崭新的原价四百二的上好木质吉他卖给了一个完全不懂吉他的人。

我问肖翼：你怎么帮我推销的呢？这么快就有买家了。

肖翼笑着说：我也没怎么说啊，我就跟人家说这把吉他最大的功效不是发音，而是不发音，你想，男人用吉他是干吗的？不就是泡妞吗。它要不发音，你就只管抱着它到女生寝室楼下假唱，不就行了。兄弟，别犹豫了，我就是用这招追到我马子的，这个是经验。不买？过了这村可就没这店了，你他妈难道不想赶上早恋的末班车啊？

他还没说完，我已经笑得肚子都痛了。

肖翼接着一本正经地说：于是那傻逼就问价钱，我跟他说你想你追上个女朋友那得值多少钱？那傻逼想了半天跟我说算不出来。

我笑着问：后来呢？

肖翼说：后来我就跟他说你的底价是一百八，看在老熟人的分上，卖他一百五。这傻逼当时就乐得屁颠屁颠的。

我问：谁？老熟人？

肖翼说：还有谁，我们的大才子、市长他公子，只有他能这么迂，跟你一起搞文学社的，夏顺寒呀。

我惊道：啊？

我这一惊是惊夏顺寒如此人才居然还没有女朋友，真是匪夷所思。肖翼看出我的想法说：这年头搞文学已经没戏了，国家扫盲，字谁都会写，谁吃饱了没事干去崇拜你个酸得要死的文学青年呢，你说是不是？

我点头赞成，这番话我觉得是肖翼说得最为精辟有道理的话，但是我不能预见的是：这位极力认为文学已经没戏的人，几年后摇身一变，变成了一个文字工作者，与其说此人与文学在一夜情之后缠绵悱恻，不如说他和文学开始狼狈为奸。

肖翼带我去看他的寝室。

他们学校是这边很有名的高中，我听说这所学校曾经还出了不少非常有名的大人物。肖翼用钥匙打开了寝室的门，一股猪窝一样的味道扑了出来，我难以想象那些出去的大人物就是在这里度过自己最华丽的青春。

这个想法马上被肖翼批判了，他说：谁说不能？你看卧薪尝胆那个夫差，人家不是牛棚里出来的？

我歪着头问：你知道卧薪尝胆？

肖翼笑了说：妈的，不就是楚国那个项羽把夫差灭了，然后夫差痛下决心报仇的事吗？

我差点晕过去，卧薪尝胆的是勾践，那时的楚国项羽的爷爷都还没出世。肖翼是学文科的，连这个都没搞懂，我曾怀疑他谈恋爱荒废了学业，今天得到一个铁证。

我捂着鼻子走进他的寝室，他的寝室也是四个人一间，假期里其他三个人都回家去了。肖翼跟我指了一下他的铺位，我走过去，看见床头柜上摆着一张相片，相片中一个女生穿棕色大衣，淡妆抹面，眉毛画得很细很细，非常可爱。肖翼在一旁搂着他，很亲密的样子。

这个女的就是李茉。相片上比初中时成熟些，会打扮了。

我说：李茉跟以前不一样了。

肖翼说：对了，今晚我把她也一起叫出来，一起出来聚一下，吃顿饭。

我说好啊。

当天晚上见李茉的情景是这样的，李茉穿着一身清纯可爱的宽松 T 恤就出来了，上衣 T 恤有一个大大的叮当猫，下身是漂亮的翻花裙。肖翼跟我强烈推荐去一家店子吃火锅，说是那家店子已经成为他的据点了。

我问据点是什么意思。

他说就是经常光顾的意思。

那天我、李茉、肖翼还有肖翼在高中这边的死党三个，具体叫什么名字肖翼跟我介绍我没记下来，反正都挺文学的名字，什么李书香啦什么王文儒啦，但是他们长得就很对不起这样高雅的名字，长头发比李茉还长，络腮胡子生得一个比一个粗犷，跟教室里墙上贴的那些伟大的思想家一样。我初见此三人，以为是悍匪。

然后李茉就出场了，肖翼帮我介绍了一下说：这个，是李茉。

我说：我们认识。

李茉呆呆看了我半天，问：你是？

我说：你想想，你不记得我了？

李茉说：等我想一下，我记错了不能怪我哟。然后她就开始想，想了半天，兴奋地叫出一个我没听过的名字来。我和肖翼都差点晕翻过去。李茉意识到自己猜错了马上又纠正了一个陌生名字出来，她一连叫错我的名字三次。

最后终于冒了一句：我好像见过你，你是那个把弓箭拿出靶场的同学，但是我不知道你的名字。

肖翼赶忙纠正道：我不是告诉过你吗，这是我兄弟周子丹。

李茉恍然状，说：我想起来了。

我心里咯噔一下高兴莫名地问：想起什么了？

她接下来说的话差点令我昏倒，她就像看到一个大名人一样惊讶地说：哎呀，你就是被开除的周子丹啊！

原来她对我的记忆，除了我把弓箭拿出靶场这一件事外，就只有我被开除。最搞笑的是连我的名字都是肖翼告诉她的。

那天吃火锅我们六人有说有笑间就把几箱酒给消灭了，肖翼只顾着跟李茉耳语或者打闹嬉笑，把那三个粗犷的哥们儿留着招呼我。我那天大发神威，跟这三人拼酒，把三个全给放倒了，李茉见了拍手说：好厉害。

饭后我和肖翼把这三人扛上出租车，肖翼小声骂了句：他妈的，平时不挺能喝吗，真丢我的脸。

我当时已经晕乎乎的了，就跟肖翼说：不就丢了张脸吗，我放倒他们三个给你把脸找回来。

肖翼嘻嘻笑着说：我看你也快不行了，我送你回去。说着上来搀我左手，并叫李茉：过来帮忙呀，别傻站着。

李茉刚要换上我右手的时候,我一把甩开肖翼,跟他说:你他妈才不行了,我自己能回,你陪你马子去。

　　肖翼笑着说:她自己可以打车回去。

　　我不理会他,跑出公路,拦了一辆车走了,留他和李茉站在原处。

　　车走到半途经过滨江路的时候,我从车窗里看到两旁的路灯很是辉煌,江面上一艘灯火通明的游船非常漂亮。我顿时像翻了五脏六腑,刚喝下去的酒现在挣脱缰绳,跟我较起酒劲来。我呕了两声,吓得司机大喊:别,别,千万别吐我车上,洗车费比你车费还多!

　　我叫他立刻停车,只听一声刹车声响,我再也忍受不住,撞开车门蹲地上开始吐。司机骂了一句妈的,然后像避瘟神一样飞快地开走了。我当时怀疑他的车是改造过的大排量,动力真他妈好。

　　我在马路中央吐了半天,心里难受得真想躺马路中央让车来轧死我算了,一了百了。但我又一想,觉得不能把好端端的街面给玷污了,于是站起身来往滨江路旁的雕花栏杆走过去,栏杆下就是长江大堤,江风有点冷。

　　突然想起黎晶晶来,立刻给她打了个电话过去。

　　黎晶晶在那头睡意正酣的样子跟我说:谁呀?

　　我说:我。我说这个字的时候有气无力,简直跟鬼一样。

　　她尖叫一声,好容易才镇定下来说:你?

　　我迷迷糊糊地说:是啊。

她那头声音清醒了点,想来是已经被我吓醒了。她说:怎么了?你喝酒了吧?哎哟,年轻人哟,喝什么酒啊。

我说:哦,宪法规定年轻人就不可以喝酒啊?

黎晶晶说:可你也不能醉成这样啊,你刚才说第一句话我还以为是鬼呢!怎么,心情不好?

我笑着说:好得很!就是心情好才喝酒呀。

黎晶晶叹了一口气说:上次你唱歌的时候我就发现你心情不好,你平时掩饰得再好,你一唱歌,就被我听出来了。

我问道:我唱什么了?

黎晶晶说:《爱的代价》呀!

我心里咯噔一下清醒了,问道:你知道我是谁啊?

黎晶晶笑着说:看来你真喝醉了,你穿上马甲我一样认得你,你就是周子丹。

我哗啦一下哭了出来——有人知道我叫周子丹!

26. 陈大宝

第二天我清醒的时候已经在家里了,大中午起床,小刀来了个电话,说他老爸跟老妈又吵架了,要来我家住几天。

我说行啊。

小刀就扛着行李逃难一样来我这里了。

我去车站接他的时候是下午,见面的时候他说:妈的,一吵一个星期,家里饭都没人做。

我笑着说:怎么?你不会自己做,顺带伺候两位老人家?

小刀说:稻谷是什么样我都没见过,做什么饭呀?剩下的这段时间我就待你家了,等开学了我跟你一起去学校。

我笑了,说好啊好啊。

晚上肖翼约我出来,我带上小刀,跟他二人做个引见。小刀没给肖翼好脸色看,两人互相印象非常不好,我预感是因为我和李茉的事情。我把小刀拖到一旁,把这个念头告诉了小刀:你没必要因为我跟李茉的事就对肖翼有偏见。

小刀说，少他妈说得那么亲热，什么叫你跟李茉的事？

我一想，对呀，于是改口说：没必要因为我对李茉的事就对肖翼有偏见。

小刀完全不留口德地说：什么叫你对李茉的事，你对李茉做了什么事，说得这么暧昧。

我挥手就给了他一拳，小刀侧身闪过了。后转身还了一腿回旋踢，我先是一惊，伸手就给他格开。肖翼和他三个名字文雅的死党喝了声彩。

老庄师父说过不能显露功夫的，不然就会给自己惹祸。之后的事情是这样发生的，肖翼提出要我和小刀帮忙去收拾他们学校一个非常跋扈的人，此人名叫陈大宝，属于我们学校李宗圣那一类的人物，具体怎么跟肖翼结了怨，好像是跟那三人中叫李书香的有关，通常的逻辑是因为女人，但是我一想，觉得此人长得比较另类，估计原因应该不能用通常的逻辑来推知，于是就问了一下。

肖翼告诉我们，说没有原因，就是肖翼和李书香看不惯他。

小刀联想了一下李宗圣，说：对，我也觉得我们是正义的，李宗圣和陈大宝这类人就是欠揍。

就这样，一场设计好的"替天行道"就这样开始了。

小刀对于打架表现出的积极和热衷让我们觉得此人应该去参军，这样他的一腔热血可以洒在祖国用得着的地方，而等他把血洒干之后我们也可以每年清明捧着花沾点英雄的光。这都是不现实的想法。眼下需要计划的是我们应该怎样收拾那个陈大宝。我开始还有点不忍,因为老庄师父说了功夫不能用来逞强。

肖翼跟我说:你就想这是个十恶不赦的人,你心里就能动怒了。

我说:可是我心里头对十恶不赦就没概念啊!

肖翼想了半天,一时找不到什么来解释,忽然一拍大腿,说:我知道了,你想想《射雕英雄传》里的欧阳锋。

还是肖翼比较了解我,他这一类比,我马上就对十恶不赦有了具体的认识。小刀嘿嘿笑着看了我半天,觉得我这人挺幼稚。李茉在一旁偷着笑。

一开始,小刀拿出了一个比较完整的方案出来:我们先把身上的钱拿出来,买一张麻布口袋和一批武器,然后让李书香三人轮流踩点,把陈大宝每天的娱乐路线挖熟,然后由肖翼、小刀和我三兄弟找一个陈大宝上厕所的机会,把他头罩上,然后小刀就用枪指着陈大宝的头,我和肖翼在两旁抄AK-47和M-16火力开道,突破陈大宝的马仔包围。接着李茉开着一辆敞篷宝马车,玩一个后甩定点停车,接应我们三人和被胁持的陈大宝安全离去。当然这之前我们计划好了安全逃脱路线,我们可以一直开到江边,登上一艘快艇,行至江心,把陈大宝的头按在水里,然后陈大宝会说:英雄饶了我吧,我再也不敢抢小朋友棒棒糖。小刀就呵斥他:你已经没有机会了。然后小刀就对天上开了几枪,陈大宝一受惊吓就掉进江里。然后他就死掉了。嘿嘿嘿,计划完美。

小刀真他妈是个人才!

肖翼众人用一种同情中夹杂钦佩的眼光看着我,觉得我能跟小刀这样智商的人相处我也是个人才。

我们有必要探讨一下这个问题,小刀这个计划的现实性有多少,这不是香港警匪片。于是肖翼拿出了另一个方案:由李书香去约陈大宝出来喝酒,然后小刀假装跟我在另一桌打起来,战火波及了陈大宝,他自然就会出手,我们就一拥而上,把他给收拾了。

这个方案一出,我们全都欢喜连连,觉得肖翼太有头脑了。我突然提出一个关键的问题:李书香约陈大宝,他能出来吗?

此问一出,众人都沉默了。就在众人一时拿不定主意的时候,李书香终于说了一句比较有建设性的话:不如我们先观察他一段时间再说。

于是接下来的几天我们一致决定由小刀这张生面孔去观察陈大宝的行踪。此人喜欢穿一身白衣,戴墨镜,走路姿势比较跋扈,身材很魁梧,相当像电影里的黑帮老大。

此人假期的行踪是这样的:中午十二点之后会出来和一群小混混在街上逛逛,差不多两点的时候回家去吃饭,然后下午就睡觉,晚上接着和那群混混逛酒吧逛迪厅,一直到深夜十二点,又一群人出来在江边喝夜啤酒,通常凌晨三点收队,有时会骗上一个被灌得醉醺醺的女学生回家过夜,第二天早上十二点起来接着重复头一天的事情。

他生活真有规律。

我们所遇到的难题是：这样一个人，在户外的活动基本上都不是一个人放单，这样是不是意味着我们真要发动一场抄着 AK-47 和 M-16 火力开道的热血场面。这毕竟不是拍电影。经过我们研究，觉得这个事情只能作罢，太有难度了。

不打了，我竟然有一点失落感，其实我从来没打过架，连跟人争执都没有，自从学了老庄师父的功夫之后，我更是习惯了克制自己的心性，至于为什么对这次打斗如此向往，原因不明。

行动宣告取消之后，小刀明显很不高兴，自己的完美计划没有成为大家行动的指南，小刀很气馁，回我家之后，提出要跟我单挑一回。我看了看表，估计我爸爸妈妈已经睡熟了，就欣然答应了。

那天的结果是这样的，小刀被我狠狠揍了一顿，老庄师父果然比小刀的师父李慕龙厉害。

27. 夏 天

　　夏天过完之后,我们开始了新学期,我临走的时候居然还有些舍不得李茉,小刀跟我说:甭想那女生了,那是人家的。你想点实际的,比如黎晶晶。

　　我当时脑海里浮现出以前葛优拍的一个火腿肠广告。冯巩拍着正在想葛玲的葛优的肩膀,递给他一支火腿肠,葛优吃了之后,冯巩问他还想葛玲吗?葛优问,葛玲是谁啊?

　　小刀就这样拍着我说:还想李茉吗?

　　我说:李茉是谁呀?

　　搞了半天,原来黎晶晶是根火腿肠。

　　我们回校之后有了一些小小的变动。我再也不去叶子的酒吧了,小刀因为和女朋友分了手而无所事事就每天跟我一起到老庄师父那里勤练功夫。

　　我们学校有一块校训壁,上面写着"团结奋发崇本尚进",有天我和小刀早起跑步的时候偶然发现校训壁后面被人用刀刻出一排字：早恋可耻。然后旁边有人刻了一排更大的字：我操你妈。

我和小刀笑得差点站不直腰。当时我们没有意识到我们见证了学校一场轰轰烈烈的早恋革命的导火索。接下来，学校保卫科和政教处全体人员集合在校训壁前，一副庄重而严肃的表情，两队人马盯着校训壁，就像瞻仰烈士遗容一样。那个仗势让我和小刀背心都发冷了。

政教处主任突然仰天大吼：这是谁干的？这是谁干的？语声凄厉就如同有人杀了他的全家一样。

对于这两行刻在校训壁上的"早恋可耻"和"我操你妈"，学校立刻成立了专门人员进行调查，现场勘察情况表明，该字迹很新，是昨天才刻上去，而且最重要的是刻字的人书法很差，"我操你妈"的那个"操"字，明明上面三个"口"，他刻的像三个"又"。

接下来案情是这样发展的：学校专门破案人员对这两行字进行了大胆的犯罪心理推测，刻下"早恋可耻"的人，有可能是早恋失败，被人甩了之后在校训壁上发泄。而刻下"我操你妈"的人，有可能是正在早恋中，不同意早恋可耻这位仁兄的观点。

得出的结论是：犯罪嫌疑人是早恋的人！

于是学校开始大规模地排查所有早恋的学生，对早恋实施严打，二十四小时出动保安在校内情侣聚集地进行公开侦查，乃至卧底侦查。对一男一女走在一起，神态亲密或者有亲密动作诸如牵手帮忙背书包的,保安立刻采取行动将二人带回办公室审问。

我就亲眼见有一天晚上在球场上一名专案人员骑着摩托车,追赶前面一对学生情侣,一边追一边喊:诶诶!前面的,非法搞对象的,给我站住。

事态发展到最后专案人员见一男一女对望超过十秒钟都要过来审问一下,那段时间流传的一句话是:谁早恋,我抓谁。这是句实话,他们确实是见人就抓。

就这样,一场地下党早恋和法西斯反早恋对抗拉开了序幕。

接下来我要讲一个非常恶心的故事,这个故事的出场人物是我寝室的苏老九和马言。他二人在这场早恋革命中干了一件非常令人震惊的事情。为了将这个故事讲得更恶心,我有必要介绍一下两位出场人物的外形特征:

苏老九,沧桑,胡子从开始发育就没有理过,喜欢用大拇指挖鼻孔,笑起来缺了一颗门牙。此君身材瘦小,身高一米六一。

马言,更沧桑,脸上有青春的痕迹。身材魁梧,身高一米八。

这两个人因为不满学校打击早恋的诸多做法,于是搞了一场很有讽刺意义的抗议。苏老九爱好以彼之道,还施彼身,于是想出了这个办法来。那天晚上苏老九借来女同学的一顶可爱雪人帽和白围巾,把两个橘子塞自己上衣兜里,乔装打扮一番。然后这个身材瘦小的苏老九就小鸟依人般地偎依在身材高大的马言肩膀上,两人缓缓走在学校操场后面的花园里,柔和的灯光照在苏老九一脸胡子上,甚是浪漫。果然一名保安中计对二人一路跟踪,苏老九见状立刻牵起马言的手来,这下乐坏了那名跟踪其后的保安:这还不抓到你们现形?

保安加快脚步,苏老九和马言也加快脚步。保安最后跑了起来,边跑边喊:站住,非法搞对象的。

马言是体育健将,苏老九体力也不弱,两男人在前面牵着手不停地跑,苏老九借来的白围巾随风飘扬,领着那保安绕了教学大楼一圈,惊动了教学楼里的所有学生老师,纷纷探出头来观望这一场引领自由爱情的奔跑,学生开始呐喊助威:跑!跑!跑!

老师们根本制止不住当时的局势。学生们的呼声一浪高过一浪,保卫科慌了,政教处慌了,学校慌了,刻着"早恋可耻"的校训壁也慌了。这他妈的就像一场盛大的赛跑。

保安召唤来了更多保安,对苏老九和马言进行围追堵截,就在全校学生的叹息声中,二人最后还是落入了保安的包围圈。追了半天的那个保安从后面一把拉住马言的肩膀,说:你们干什么的?

马言气定神闲地说:你说是干什么的,学生呀!

保安吼道:学校规定可以早恋吗?

马言说:什么?早恋,没有啊,我们。

保安冷笑道:没有?这是什么?

说完指着围白围巾戴雪人帽的苏老九。苏老九转过头来，一张男人满是胡子的脸出现在保安眼前，他露出缺了门牙的笑容对保安笑道：你说是什么就是什么。

是个男人！

全校学生，楼上的楼下的，都哄笑起来。

保安下不了台，吼道：叫你们站住，你们为什么要跑？

苏老九用大拇指挖着鼻孔，跟保安说：你刚才喊非法搞对象的站住，我们怎么知道是喊我们？我们下了自习跑跑步锻炼身体难道不可以啊？

故事完。

28. 恶　斗

从那以后苏老九和马言成了名人,我们寝室一下子成了明星寝室。苏老九有时候到阳台晾衣服,下面一群女生会像看到心目中的偶像歌星一样尖叫。苏老九就会在这个时候跑进寝室对我们一本正经地说:感谢 CCTV,感谢 MTV,感谢我的歌迷,感谢我的爹地妈咪,感谢我的经纪人云云。

有时我走在前面,会有人在我后面小声地说:快看,前面那个也是苏老九寝室的。

另外的人会说:真的?怪不得,那个寝室出来的人就是不一样。

我转过头,看见说这话的人竟然就是黎晶晶。

黎晶晶说:啊!是你呀。

我当时想到小刀说的葛优的火腿肠,一下子就笑出来。黎晶晶跟她几个同学走过来,其中一个女的非常眼熟,我看清楚,原来是小刀一直暗恋的隔壁班的女生,那个女生看起来并不开心。我猜想是她跟她男朋友分手了,这样小刀就有了机会,然后我也可以借故接近黎晶晶。

但是仍然是处于学校严打早恋的白色恐怖中,我们没敢多说话,相互笑笑,黎晶晶就和她同学一起走了。

这是我和黎晶晶见的第二面。

在这样的白色恐怖下,我心里突然浮起了一个古怪的念头。像黎晶晶这样的女生,要是在酒吧迪厅给别人是不是太可惜了?我要她一直唱歌给我听,她不可以是别人的。

虽然这个想法是那么的荒唐,但是这是我当时的真实想法。

但是话又说回来,这黎晶晶常常泡在酒吧里,这叫哪门子好女孩?

回寝室的时候发现停水了,我们四个猜拳决定谁去提水,结果我和马言输了拎着空桶灰溜溜地去提水。走到水房听到一身喝骂,上前一看,李宗圣将一个低年级的同学放倒,嘴里还骂道:你他妈的,听好了,给我打十桶洗澡水,送我寝室来,不然我断你手脚。

那个学弟被打翻在地,不敢还手,一身全是地上的泥污,异常狼狈。马言小声问我:要不要去帮忙?

我摇摇头,觉得我和马言估计打不过李宗圣和他的一干党羽,毕竟人家人多。不可否认当时我的气愤简直可以把水给烧开,然后烫死李宗圣。

当时的我却无法预见很快我就跟李宗圣起了一场激烈的

冲突，险些再度被开除。那是进入高三的一个周末，小刀突然给睡梦中的我打来电话，语气紧急：快，快来，快到叶子酒吧来。

我问怎么了？

小刀说：你的黎晶晶出事了！

我一惊，马上奔往叶子的酒吧。我冲到的时候，酒吧没有音乐，场面很混乱，小刀跟我说里面两帮人正在谈判。

我问：什么叫谈判？

小刀说：古惑仔的术语，就是出了事情两方老大出来商量了结。

我问：黎晶晶出了什么事情？

小刀说：李宗圣的有个手下对她有意思，过去三番四次要跟她合唱，黎晶晶不答应，那人就强抱着黎晶晶跳舞，黎晶晶把一杯红酒全泼那小子脸上，那小子甩了黎晶晶一耳光。

我顿时起了阵无名火。不，是有名火。有来头，有原由的。

然后李宗圣和这边女生的一个大姐头就都跳了出来，两方开始谈判，听说李宗圣的说法是要黎晶晶跟他的手下道歉然后跟他手下过夜。黎晶晶这边的说法是要李宗圣整个帮派的人都当众道歉。

女人总是那么手软，我还以为这边的大姐头会提出让李宗圣也跟着她走的说法呢。

叶子在外面，嘿嘿笑着看我：怎么，跑来英雄救美啊？

小刀就一旁说：本来是小事，跟他合唱一首又不会掉肉，干吗这么倔?

我想起那天跟黎晶晶合唱《爱的代价》，想起那天晚上跟黎晶晶打的电话。我心里一痛，想：黎晶晶不肯跟别人合唱是不是因为我?

我探了个脑袋从人群拥挤的门口挤了进去看看，看着黎晶晶坐在一旁沙发上，旁边几个女生不住安慰，一个打扮很时尚的大姐头跟李宗圣大声争吵。黎晶晶脸红了一半。

我退出来之后问叶子怎么办。叶子说江湖上的事情你可千万别管，人家有人替他出头。

话没说完，听见里面一个耳光的声音，很清脆，然后酒瓶砸碎的声音。再然后女生的尖叫，男人的喝骂，打斗声轰然而来。我第一次要冲进去，叶子把我拉住，说：别慌，那大姐头带来的人不是吃素的。

我再进去看时，李宗圣这边已经取得压倒性优势，那个大姐带来的人都被砸翻在地，连那个大姐头也挨了一耳光。我跟自己说了两遍：这可不能不管了，这可不能不管了。

我吼了一声：赵小刀!

小刀望了我一眼，马上明白了我的意思，我就和小刀一前一后地冲了进去。我直奔李宗圣的身边，挥拳就打，就在我打到李宗圣的时候，我才发现此人称霸果然有些本事，几招之间我和他缠斗在了一起，我自己也无法脱身。小刀绕到他身后，施展小擒拿手，直接把李宗圣的双手缠了，一边缠一边喊：都是兄弟，别，别打了，都是误会! 李哥是自己人。

就在小刀的劝架喊声中，在李宗圣的无法还手情况下，我一连三掌，拍在李宗圣的脸上，打得他一脸鲜血。这三掌给黎晶晶解恨。

小刀当时装出的劝架模样真的是专业演员水平。与我一个唱红脸，一个唱黑脸，配合无间。

李宗圣大吼一声，像疯狗一样挣脱小刀束缚，操起酒瓶往我头上砸来，我手一挡，感觉到鲜血流了出来，挺温暖。

我心里骂道：妈的小刀，关键时刻怎能松手！

随即低身右腿一扫，将李宗圣扫倒在地，这人倒地之后立刻又翻身而起，哇哇叫着向我扑过来，手上拿着一把弹簧刀。当时我下了狠心，觉得不把李宗圣搞定，李宗圣这疯子非当场杀了我不可。想到这里，手一翻，用上老庄师父教的上乘关节擒拿技，咔咔咔咔把倒地的李宗圣握刀那只手的食指、手腕、肘、肩四处关节全给卸脱臼了。

我心里暗叫：罪过罪过，老庄师父说的关节擒拿技太过阴损，施招者必有恶报。

不料此人无比英勇，弹簧刀右手交左手，刺向我胸口，我反应不及，小刀一边大声道：李哥，不要！那是我兄弟！一边飞身上前，左手死死抓住刀刃，鲜血哗哗地流出来，跟瀑布一样，无比夸张。后来回想起来，觉得小刀一定缺少血小板，不然当时怎么血流得一发不可收拾。我当时就把《射雕英雄传》里的欧阳锋跟李宗圣联想起来了。从此我对十恶不赦这个词语有了新的认识。我大喝一声：小刀！

这时候李宗圣把刀从小刀手里用力抽出，痛得小刀哇哇大叫。这柄刀又向我划过来，我向右闪开。李宗圣毕竟还是狠角色，看准这个时机，一记边腿甩过来正中我右胁，我闷哼一声，痛得就像被踢断了几根肋骨。这厮抓紧时机又向我一刀捅来，情况十分危急，我向后仰倒才避开这刀，这厮随即挥刀向下猛砍，动作之敏捷，小刀在一旁赞道：妈的，断了只手还这么厉害，你他妈杨过呀？

我喊了一声：杨过比他帅多了。

李宗圣吼道：老子要你命！

就在当时我研究了一下这句话的音节，觉得加上一个"的"字比较好，因为这样说"老子要你的命"显得比较有逻辑，感情成分上也比较冷静和仁慈。

于是我就对李宗圣说：老子要你的命。一脚把他手中刀踢飞。

这时候李宗圣的几个手下冲了上来想要帮忙，小刀忍着手上的剧痛单手把那几个马仔给放翻了。他才是他妈的杨过。

李宗圣手中没刀，可是单手变成肘击往地上一锤，正中我肩骨，咔嚓一声，这下是真的断了！他接着俯下身来掐住我脖子，面目狰狞恐怖。我出不了气，一张脸涨得绯红。

黎晶晶尖叫了一声，险些哭出来。

我听了这声尖叫，当时心里就燃起了力量，用事后小刀的话来说，就是我当时听见了女神的召唤，小宇宙开始燃烧了。

顾不得老庄师父说的关节擒拿技太过阴损之类的话，当时就一个想法：你甩黎晶晶一耳光，老子甩你三巴掌；你断我一根骨头，老子断你三根。

随即一手抓过去，我躺在地上，当时也没看清楚抓到李宗圣什么地方了，反正抓到什么就给他断了，估计先断的是膝关节，然后是腕、肘以及其他特别部位等等。李宗圣哼都来不及哼一声就烂泥一样倒在地上，我翻身上来，一只手抓起一个啤酒瓶，另外一只手肩膀痛得抬不起来。我颤颤巍巍地说：叫他们停手，别把叶子的酒吧砸了，不然老子废了你。

我从来没这么狠过。

李宗圣挣扎着喊了一声：别打了。

一群马仔这才注意到老大被我收拾得已经不成人形，立刻作势围上来，我把酒瓶对准李宗圣脑袋，说：谁敢上来，我先把他毙了。

这时候黎晶晶那边那个大姐头从桌子底下钻出来，口中骂骂咧咧，一脚踢中刚才给了她一耳光的一个金毛小子的老二，那小子叫得比刚才李宗圣还大声。我看黎晶晶站在那里已经吓傻了，便叫她：诶，帮我倒杯红酒过来。

黎晶晶一愣，看见李宗圣还踩在我脚下，不知道该不该帮我倒酒。那个大姐头叫道：哎呀，磨蹭什么，两位帅哥打累了口渴了。

黎晶晶端了两杯红酒过来。我当时一饮而尽，我估计这许多年我喝红酒的癖好就是在那个时候养成的。

接下来该做什么呢？我不知道这种事情该怎么处理，我真的不知道，这种江湖上的事情我一无所知。当一屋子人用期待和敌视的目光看着我的时候，我想了一下，拨通了医院120的电话，然后问叶子要不要报110，叶子呆立当场。

我在医院的时候给肖翼打了个电话，说我受伤了。肖翼紧张地问怎么了。我把事情说了一遍。然后肖翼说，你别急，这事我有办法。就挂了电话。

几天后，咱们伟大光明的警察叔叔开始调查此事，几经周旋，这个事情最后是这样解决的：李宗圣入狱了，是故意伤害罪和聚众斗殴。我和小刀，行为属于正当防卫，但是你也不能把人家防卫成残废呀，于是这个行为就定性成了防卫过当，按理可以免除处罚或者减轻处罚，肖翼找了一个铁靠山来，就把这事情给摆平了。

叶子酒吧里有一台摄影机，那个机器有点问题，某些画面就没有录到，比如小刀和我串通一人劝架一人下重手，还比如我施展关节擒拿技的画面等等，那个摄影机拍到了李宗圣用酒瓶砸我，掏出刀子捅我，把我掀翻在地，以及他骂的那句：老子要你命。

这些物证演绎了一场李宗圣用酒瓶刀子威胁我生命，我逼不得已还击的影像。至于人证，大姐头和黎晶晶众人是站在我这边的，李宗圣倒了，那群马仔害怕那个大姐头，于是也纷纷表示是李宗圣先动的手。

最后这一场恶斗得出定性结论是：两个帮派纷争扰乱社会治安，两个英雄青年见义勇为前往劝止，不料帮派头目凶狠成性,两青年正当防卫,平息一场腥风血雨。阿门。

至于这个事情如何结束得这般顺利,那是肖翼找来一个铁靠山,夏顺寒。夏顺寒此人念着当年情谊,跟他当市长的老爹一哭二闹三上吊,让夏大叔出马,摆平了这个事情。

这件事情让我突然觉得我的人生原来也可以如此丰富多彩,如此波澜壮阔,不是水波不兴的。这就像电影一样发生了,突如其来又跌宕起伏。可是最让我遗憾的是这个电影并不是英雄救美那样的完美情节。因为那晚就在救护车来的时候,那个邀请黎晶晶合唱的痴心男人,也就是整个事件的引发者望着黎晶晶不甘地问:为什么?为什么不肯跟我合唱?为什么泼我红酒?

黎晶晶的回答让我差点晕过去,她说:我这几天嗓子痛,不能唱。我胆子小一害怕手就抖,就泼你身上了。

让我有勇气去跟李宗圣"战斗"的,就是我认为黎晶晶不肯跟那个男人合唱是因为我。自作多情。电影结局总是出人意料。

听了黎晶晶的话,我一拍小刀大腿:妈的,原来是部喜剧片。

29. 流星与故事

从那天以后我和黎晶晶的关系突飞猛进,在我胳膊还绑着绷带夹板的时候,黎晶晶开始帮我打饭,放学后的晚饭时间,我在教室里等她,其他人会知趣地离开,除了小刀这种大头鬼以外。小刀非要当这个电灯泡,他说:反正我也只剩一只手了,你不能让我自己去打饭吧。

黎晶晶笑着说:我明天让余大姐帮你打饭,够给你面子了吧。

余大姐就是那晚那个被人甩了一耳光然后她又踢了人家老二的大姐头,本名叫余金花。一个非常另类的名字。不过她不许别人叫她本名,她的诨号叫什么余十一姐。

小刀一听是此人送饭,忙说:别,别,千万别,这位大姐送来的饭太硬。

我和黎晶晶笑了起来,当时我脑海中浮现这样一个画面:余十一姐端着饭盒,坐在小刀对面的课桌上,小刀吊着一只手,什么也不能做像小孩一样张着大大嘴巴,十一姐用勺子一勺一勺地喂他,神色慈祥如一披着羊皮的狼。突然小刀呜呜叫,说菜不好吃,十一姐啪的给他一耳光,变了脸色,说:你再说一遍。小刀一副革命烈士不屈服的表情说:就是不好吃。十一姐拿出刀枪棍棒鞭子等十八般武器要虐待我们的小刀同学。小刀一脸受苦受难表情,哭着说:十一姐,你还是让我自己吃吧。

我幻想了一下,小刀的第二次恋爱会不会开始了。小刀跟十一姐还是满般配的,他们以后的闺房之乐一定是拳打脚踢,比如两人争洞房是男在上,还是女在上,他二人过上三四百招,谁打赢了谁在上。

我把这个想法告诉了黎晶晶,黎晶晶用力扭着我耳朵:你好坏。放下饭盒就跑出去了。

夏天快结束的时候,学校贴出了一系列诸如"奋斗一时幸福终身"的标语,每当这些极其土气的标语出现的时候,我们就知道,又是一届学生上了高三的审判台。而我们的高中时代,幸好还有一个陆女神,成为所有阳光明媚的担当,否则的话,真是昏暗如暝。

高三开始了,我提前预感到或许会有一场分别,我不能像对李茉那样留有遗憾,于是我决定一定要让黎晶晶再唱一次那首《如果云知道》给我听。那天晚上我把黎晶晶约到了教学楼楼顶那一方天台上。

学校在郊区,因为周围灯光暗,所以天空的星星看得很清楚，闪烁明媚。郊外草木混着泥土的味道，偶尔还有几声狗叫和保安的喝骂声。

我把黎晶晶约上来没有别的意思，仅仅是希望她在这样没人打扰的环境下再唱一次歌给我听。

黎晶晶听明来意之后问我：为什么你这么喜欢这首歌呢？

我一时说不上来，就说：你就看在我为了你被李宗圣打得这么惨，也满足一下我吧。

这话说得好像我是痞子一样威胁她做什么不道德的事情。

黎晶晶笑着说：是你把李宗圣打得那么惨才对吧？

我马上说：就是，就看在我为了你把李宗圣打那么惨也行。

黎晶晶说：好吧。

她开始唱。黎晶晶的嗓音特别好，她唱这首歌的时候却有一种非同寻常的光彩。或许能产生感情交流的不是音乐本身，而是听歌者与唱歌者的感情流露。

《如果云知道》

许茹芸

爱一旦结冰一切都好平静
泪水它一旦流尽只剩决心
放逐自己在黑夜的边境
任由黎明一步一步向我逼近
想你的心化成灰烬

真的有点累了没什么力气

有太多太多回忆哽住呼吸

爱你的心我无处投递

如果可以飞檐走壁找到你

爱的委屈不必澄清

只要你将我抱紧

如果云知道

想你的夜慢慢熬

每个思念过一秒每次呼喊过一秒

只觉得生命不停燃烧

如果云知道

逃不开纠缠的牢

每当心痛过一秒每回哭醒过一秒

只剩下心在乞讨你不会知道

真的有点累了没什么力气

有太多太多回忆哽住呼吸

爱你的心我无处投递

如果可以飞檐走壁找到你

爱的委屈不必澄清

只要你将我抱紧

如果云知道

想你的夜慢慢熬

每个思念过一秒每次呼喊过一秒

只觉得生命不停燃烧

如果云知道

逃不开纠缠的牢

每当心痛过一秒每回哭醒过一秒

只剩下心在乞讨你不会知道

我用心写下这首歌的歌词，是怕多年后丢失这种一瞬间感动的际遇。人一旦经历了沧桑，毕竟会变麻木些的，除了年轻，没法找到这种感动。

黎晶晶唱完了这首歌，泪汪汪地看着我，她说：你知道吗，我喜欢这首歌，是因为我以前喜欢的那个男生。

我心里一紧，接下来听到的就是一个我不敢想象的故事。黎晶晶告诉我，她喜欢的人，是叶子酒吧以前的主唱，他是个玩音乐的奇才。那个男人第一次唱《如果云知道》的时候，就这样把黎晶晶感动了，于是她和他成了很好很好的朋友。

这个男人却是个同性恋，他爱的是有着长长头发会弹吉他的叶子。就当那个男人在一次醉酒之后站在台上唱着《如果云知道》，并向叶子表白的时候，所有人震惊了，所有人都不敢相信这位玩音乐的哥们儿是同性恋。人们无法接受，就连叶子都对此有些反感，毕竟叶子的双手一是用来弹吉他，一是用来摸女人，没有摸男人的功能。没有人理解同性恋，包括黎晶晶，不，应该说，特别是黎晶晶，不能理解。

人们开始疏远他，不愿意听他唱歌，连叶子最后也打算把他辞退了。他想起还有个黎晶晶曾那么喜欢听他唱歌，于是他来找黎晶晶，黎晶晶问他是真的喜欢叶子吗。

他说：是，坚定地爱着叶子，如同热爱着音乐一样。

黎晶晶非常冷漠：我没法接受这件事，我再也不想听你唱歌了。

黎晶晶告诉我这句话伤到那个男人了，她不应该说这样的话。这句话到底伤害到谁了，我仔细想了一下，如果仅仅伤的是那个男人，为什么黎晶晶你唱《如果云知道》能把我打动呢？

我问：然后这小王八蛋怎么样了？

黎晶晶扶着天台的栏杆哭，说：那天晚上他说叶子也不要他了，他很伤心，原来这个世界上已经没人愿意听他唱歌了，但是他想最后唱一首给我和叶子听，要我第二天晚上去叶子的酒吧。

第二天晚上，黎晶晶和十一姐、叶子坐在台下，开始听他唱，他唱了一首张国荣的《当爱已成往事》。那种忧郁让酒吧稀少的人都哭了起来。然后他问：什么时候人的生命会像一颗流星？

我想：我他妈就没搞懂，人家同性恋碍到你们什么事了！

我问：然后呢，这个哥们儿又怎么样了。

黎晶晶泣不成声，说：他跳楼了。

跳楼的那一刻原来生命真的会像一颗流星。

我心里一热，上前紧紧抱住黎晶晶，感觉她的眼泪打湿了我胸口的衣服。很温暖。我对黎晶晶连声说道：以后都不要再唱这首歌了，都他妈的不要听了。

那天晚上和黎晶晶在楼上聊了一整夜，问起她过完这个高三有什么打算。她说想去考演员，她喜欢在舞台上的感觉。我告诉她我想去考编导，我们可以考同一所学校，以后毕业了也不会分开。

她说，好啊，以后你拍电影就找我。

我笑了。

算是一个约定。你有没有尝试过，用力去喜欢一个人，用力到，你都舍不得去忘记。

我无法预见这个约定会成为我许久以来的一个更大的遗憾，这又是一个无法预见的跌宕起伏，人活一世就跟电影一样，我试图努力表达的爱恨怜悯，被人生这个大镜头轻描淡写地勾勒出来，成了一些突如其来的变迁。

这些变迁，就好像陆女神在毕业前夕出事了，而我现在还在跟小刀跑场子，唱歌挣钱帮阿达医治他被彪胖子打断的手。按照我的情节安排，我应该正在某所影视大学努力学习导演编剧专业知识才对，可是这个情节已经被强奸了。我无力反抗。

事实是我和黎晶晶一起参加了北京影视大学的专业考试，但是我们没考上。高考的指挥棒一甩，把我甩到重庆一所电子信息专科学校去了，而黎晶晶去了上海一所音乐学院；小刀和十一姐去了北京闯荡，听说二人却没有联系过；肖翼在本地读师范；李茉为了肖翼放弃了上重点大学的机会也留在了本地的师范。最令我惊讶的是夏顺寒，这小子没有参加高考，原因是虽然语文很牛，但是数学很差，简直没法及格，不如不要去丢人现眼，他的市长老爸直接给他在政府机关安排了一个工作。

这就是我们的前途，一片光明。

分开的时候我跟黎晶晶说我会想她的，我会每周给她打电话。小刀在一旁听了，说：妈的，她又不是你女朋友，搞那么伤感干什么？

我想了一想，觉得有道理，确实是这样的，我们不是男女朋友关系，就连那个高考不利的夏天我和黎晶晶每天缠在一起，也没有所谓爱情的感觉，我们在用身体和灵魂慰藉对方被现实挫伤的心。

多年后我看了一部电影叫《可可西里》，导演是个年轻人，叫陆川，这部电影表现出来的对自然的爱和敬重让他得到了最佳导演奖，听说这个剧本是他自己写的，他是一个出色的编导。就在记者采访他的时候，他说：你们可能只看到我领奖时候的光彩，但是你们一定想不到为了写这个剧本我在寝室吃了两个月泡面。

然后记者问他得奖的感受。

他饱含深情地说：一个成熟的人是敢于背负自己的理想，屈辱地活着。

我听到这话的时候，正在复习马上就要考的电子信息概论，我停下了笔，给在上海的黎晶晶打了个电话，说：我一定要坚持下去！

30. 妈的！理想

高考成绩下来的时候我正在和小刀练功，黎晶晶给我打来电话，我当时听了她的"汇报"，笑了笑。我离我的专业录取线只差五分，艺术院校收分不高，可是我偏偏就差这五分。黎晶晶告诉我，她也没考上，看来我们无法在一起了。

我听了这话，说：哎呀，算了，上帝是公平的。

我的意思是虽然我们上不了这所学校，可是至少我们共同努力过，上帝会让我们在一起的。可惜此女并不是这么理解这句话，她是怎么理解的我无法准确猜测，估计是我们可以一起复读然后明年再一起上，或者是一起报一个专科，我们还是可以一起的。

结果她给了我一个非常绝的回复：天意就是这样，天意让我们不能在一起。既然我们不能在一起，我决定去学音乐，去完成他没完成的事。

他，是指那个同性恋的哥们儿。黎晶晶曾深深爱过的那个男人。已经从楼顶变成一颗流星的男人。

我没说话。

黎晶晶接着说：要不，这两个月假期我陪陪你吧？

我说：再说吧。

然后挂了电话。

小刀见我神色不对，问我今天要不要停下来不练了。我说不，就是这种状态我才能爆发最大能量，怎么，你不敢？

小刀冷笑道：我不敢？老子打得你满地找牙。

这一场我果然悲愤过度，无法集中精力，于是被小刀狠狠揍了一顿，小刀终于找到了长久挨揍的发泄机会，打得不亦乐乎。

接下来的几天，我像难产一样，思考着是不是要复读一年，然后重新去考编导专业。

小刀充当了接生婆的角色，他说：理想是一往无前的，别回头，人生变化太多际遇太多，不要浪费这一年时光，这些都只是过程。

"孩子"终于生下来了，我做出了这样一个决定：我不再复读。其实说实话我是怕孤单，小刀走了，黎晶晶走了，十一姐走了，难道留我一个人在这里跟叶子厮混？

然后剩下的时间就是跟黎晶晶一天到晚缠在一起，从白天到黑夜，从黑夜到白天。我不是流星，我替代不了黎晶晶以前喜欢的那个男人，我们只是互相慰藉而已。

有一天晚上我们一伙人都喝飘了，我送她回家。在她家里，就我和她两个人。借着酒精作用，也不知道是我先抱住她，还是她先抱住我，我开始吻她。估计是夏天太热了，我们都脱去了外衣。我这才发现黎晶晶的身材其实很诱人，皮肤很白皙。当时我的心里跟鹿撞一样，本能地就搂住了她，她把我抱得死死的，将我身上最后的衣裤都脱掉了，我把她抱到了床上。她的床头有一张张国荣的相片和一个卡通猪，很可爱。

接下来发生的，是我这一生中最难堪的事，就在我和黎晶晶干柴烈火越轨事件一触即发的时候，我突然涌起一阵莫名的伤感，我拿开正在爱抚黎晶晶胸脯的手狠狠抽了自己一个耳光，翻身站了起来，黎晶晶看着我，说：你怕什么？你不敢要我？

我说：我不知道，对不起，对不起。

然后穿起衣服就往外跑，就在我关门的时候听见黎晶晶的哭声。我停住脚步，倚倒在黎晶晶家门外的墙上，眼泪哗哗的流了出来。

我伤感的是什么？伤感的是自命大侠的我的责任感？伤感的是黎晶晶爱的不是我而是那个已经不在人世的男人？伤感的是即使我和黎晶晶发生了关系我也改变不了我们不能在一起的结局？还是伤感的是很久以前那个李茉？

这些伤感让我顿时意识到对这段感情和这次越轨行为，我无法承受，我不可以连累黎晶晶。

连我自己都怀疑这是不是恋爱。我在爱，但仿佛只是我一个人的事情。

很久以后我想起黎晶晶来,想:如果当时发生了些什么,我和她会怎么发展?

答案只有天晓得。

临走的时候去跟老庄师父道别,老庄师父给了我一张纸,我以为是武林秘籍之类的东西。

我打开一看,是一份练习计划,老庄师父说:你一日不可放松练功,每天必须按照计划练习。

我说:哦。

老庄师父又交代:但凡习武的人都有一股血性,虽然控拳道讲究克制自己修身养性,但是遇到为非作歹之人、祸患之事千万不可退缩,否则不配做我徒弟。

最后老庄师父送了我一句话,他说:你一定要记住,武术带给你的不是不败的身手,而是不败的精神。

这句话是一种精神境界,不知不觉中老庄师父的境界支撑了我的信念。

这句话我一直记得,在无比窘迫、无比拮据的时候,我就是咬着牙,喊着这句话,用尽了全身力气挺了过来,我对自己说:总有一天,我要把所有的辛酸拍成一部片子,做一回导演,片名就叫《妈的,理想!》。

31. 北京，北京

　　我知道，这个世界总是由一些不如意构成的，残缺才是最美的，可是我的理想残缺总是在我不经意间，跳了出来，站在我面前，像是一个无知的小孩，不肯回家，拉着我的衣角，无论如何不放开，他拉得越猛，我就越失去平衡。最后天旋地转。

　　就像是现在我和小刀那么辛苦，那么奔波，我们越疾走越疲惫，回过头来，原来我在跟理想绕着远路。我要找到赵小刀，除了想弄明白陆女神的死因之外，还有一点最重要的，我和他，都是同一类人。

　　来到北京的时候，我先在朝阳区找了间出租的房子住下，我当时还没找到小刀，开始自己四处求职，混了四五天，发现原来在北京比在重庆找工作还难，别人都说重庆人口密集，竞争太大，北京呢，大都市机遇比较多。我现在觉得说这话的人一定没去过北京。

那会儿我们内地流行一股往沿海跑的风,说是沿海机遇多,很容易就暴富了。当时我们市里面往沿海挤的人特多,让我误以为沿海城市遍地黄金。那时候听说谁去了一趟广州深圳什么的,邻居都会刮目相看,觉得这厮去捞了一趟黄金,一定很富有了。

而事实是这样,去广州深圳的那一群外地人很多被叫作"打工仔",他们在沿海多数过着朝不保夕的生活,天天劳累奔波,回家一趟遇到春运高峰颇不容易搞到票。真正在那边暴发了的都不会回来,所以让邻居刮目相看的,都是些饱尝辛酸的流浪者。

我到北京之后,想了一下,觉得我不能再跟理想绕这种圈子了,于是拿上了自己写的五个剧本去找一家影视公司。那家公司的保安把我拒之门外,说我没有预约,然后告诉我说他每天要见公司老总几十面,叫我把剧本给他就行了。于是我就托他把剧本给负责人送过去。他挤眉弄眼看了我半天,手一伸,说:不懂啊?

我马上明白了,掏出身上所有的钱塞他手里,一共三百七十一块五毛钱。

他大手一挥说:没事了,过几天来等消息吧。

我兴致勃勃地走了,一路上想着剧本被某个导演看中,然后拉了一堆赞助商投个千把万拍成一部经典之作,我简直做梦也会笑。走到半路我突然想起一个很严重的问题:我连打车回去的钱都没有了。

我回头找到那保安,说:可不可以先借二十块钱给我打车回去。

那保安看了我,说:年轻人,想搞艺术,就得多接触生活,打计程车多没意思,这儿有五块钱,你坐公共汽车回去吧。

我一想,觉得他说要接触生活很有道理,心想不愧是首都的大牌影视公司,连保安都这么有艺术涵养。于是欣欣然领了五块钱回去了。

我隔了一个星期再去那个公司时,发现那个傻逼已经不在那里当保安了。我忙去问那个接待小姐,问她你们老板看到我的剧本没有?

那个接待小姐说:什么剧本?你亲手给我们老总的吗?

我说:我给你们门口那个保安的呀,他告诉我他一天能见老总几十次面。

接待小姐白了我一眼:他一个看门的,一天能见老总几十次面?你当我们老总没事儿喜欢来来回回走城门哪?

我一惊,觉得事态估计很严重,说:那我的剧本呢?

接待小姐朝门口一个箱子一指:那是我们的投稿箱,你自己看看去。我们上周没有打开投稿箱拿稿件,你的剧本如果投箱子里了应该还在里面。

我立刻跑过去,恨不得把那个箱子拆了,翻来翻去,也没有看见我的剧本,我呆了半天,猛然醒悟,一定是那个保安把我剧本贪污了!

接待小姐笑着说:不好意思,我们对这件事没有责任。

我赶紧把那保安的外貌描述了一遍,接待小姐说:不好意思,这个人上周就被辞退了。

我被那个教我要接触生活的傻逼骗了,他贪污了我的剧本,然后携三百六十六块五毛钱巨款外逃。不愧是首都大牌影视公司,连保安都这么牛逼,会贪污!

这下我就迎来了我在北京的第一个秋天,风很干冷,有点晦涩的天气。

我的剧本丢了,算算那是我这几年的心血。外出找工作,碰了两次壁几经折腾我用光了身上所有的钱,连房租都交不起了。现在有点穷途末路的味道,于是小刀出现在我面前的时候,我感慨万千。小刀那表情,非常之嚣张得意,令我印象深刻得多年以后仍清晰可见。

他对我说:哥们儿,想不想跟我混?

当时的我,上身休闲T恤,旧得发白,牛仔裤上有两个补丁,脚上白红帆布鞋,腕上一串蜜蜡佛珠,是十岁的时候奶奶求来的。

北京的秋天有点冷,小刀长发金黄倒竖,左耳一个硕大的耳坠。闪烁耀眼,军绿色的风衣整洁而干净。他出现在我面前,没有寒暄,没有拥抱,一如既往的神态。我问他,你怎么知道我在这里?

小刀告诉我:肖翼告诉我的,他跟我打了电话我就来接你。

接下来我就认识了阿达乐队等人,发生了最最最前面所叙述的一系列故事。阿达乐队跳槽的事引起的纠纷，害鼓手阿达断了手，乐队解散了，我和小刀还在为生计奔波。彪胖子也太狠了，鼓手断了手，就等于要了人家的命，虽然阿达勾引彪胖子的马子在先，但是彪胖子的做法简直是断了乐队的活路。

小刀有句话是说对了。就在第一天见到彪马，她邀我跟她一起跳舞，不断卖弄风骚用她的身体来挑逗我之后，小刀说：那女人是祸水，谁遇上谁栽。

阿达就在享受着自己灾难般初恋的同时，把这场灾难带给了整个阿达乐队。我们谁也没怪他，只是从此以后大家都觉得女人这玩意儿，太他妈恐怖了。

提起女人，我顿时想到了李茉，李茉应该只能算是女孩，她在我记忆中估计永远也只能是女孩，天真可爱的女孩。至于黎晶晶，经过那天晚上的事情之后，我天真地以为我和她还能像朋友一样。我说了我每个周六会给在上海的她打电话过去，我一直坚持。我在重庆那所电子信息专科院校只待了一年，一年之后因为种种原因我退学离开了那所学校，开始在重庆流浪，继而流浪到北京。

就在我和小刀一起唱歌挣钱的时候，我算了一算，黎晶晶现在应该大三了。三年就这么过去了。她去上海读书几年，大一暑假回来过一次，见过一面，见面情景无比滑稽。她比去读大学之前成熟不少，头发挑染了几缕紫红色，耳朵上戴小巧圈饰的耳环，穿着一身橘黄连衣裙，露出后背肌肤，领口开得很低，亭亭玉立，整个一年轻艺术女子的气质。我差点没认出她来。

那天见面之后我们只是去茶楼坐了坐，没什么太多的话要说，好像每个礼拜六的电话把一切要说的话都说完了。明明每周都在电话里述说着彼此心情，偏偏一见了面，两人却无话了，这让我开始质疑现代通信技术是把人距离拉近了还是拉远了。然后大一的暑假过去之后，我就离开了那所研究我所质疑着的现代通信技术的专科学校。

这几年每个周六我的电话突然变得陌生了，我听着熟悉的声音，却无法想起那张面容。

我们没有再提过那晚的事情，只是她与我的长途电话通话时间渐渐缩短，最开始我还在重庆读电子专科的时候给在上海的她打电话，一个电话可以聊上三个钟头，结果是我的生活费紧缺我啃上半个礼拜大白馒头。到第三年第六个月的时候我们通话时间之短再创新高，我拿起电话问：黎晶晶啊，你这个礼拜在那边过得好吗？

黎晶晶说：还行。

我说：我现在在北京，我们都好长时间没见了，我想你了，你放假回家吗？

黎晶晶说：再说吧。

我说：那我来上海看你好不？

黎晶晶说：还再说吧，我正忙着考试呢。

我说：好吧，再说吧。

然后挂了电话，公话超市里的结账机发出嘟嘟嘟的声音，然后说：您的通话时间是两分零一秒，谢谢使用。

这几年我跟黎晶晶打电话打出来一个我以前不懂的道理，在咱们中国电话是按分钟算，像这个两分零一秒就得算成三分钟，这个亏就大了。

而提起女神，第一反应就是那位香消玉殒的陆女神，我憋着一股子劲儿，脑抽筋似的一定要找到赵小刀问个清楚，可是这股劲儿让我自己都感觉到，在生活面前，已经逐渐消磨。我不止一次趁着赵小刀酒醉逼问他，他这二货，就是装傻，还反问我：这关你什么事儿？

对啊，这关我什么事儿？可能就是脑抽筋。

32. 流金岁月罗大良

到了这一年八月的样子,阿达的手好了,可是打鼓已经没有以前那么流畅,这时的他喜欢唱一首叫《I BELIEVE I CAN FLY》的歌,他把这首歌唱给我听过几次,我无法产生共鸣。

他急了,说:你想想,想你的理想。

然后他又唱了一遍。

我马上叹了一口气,唏嘘不已。

阿达、小刀、我三人觉得有必要起一个比较夸张的名字让我们的一炮而红。我们三个已经无法组成一支完整的乐队,总不能让阿达拿着鼓不停地敲呀敲敲呀敲,我们就像白痴一样在旁边唱歌吧。我跟叶子学的吉他那是上不了台面的。

小刀说:那也成,让阿达打鼓,我们可以表演武术。就像耍猴一样。

阿达弹了他一记爆栗,说:你他妈是在强奸音乐。

小刀笑道：什么音乐不音乐的，都他妈娶过门了，还强什么奸？

然后我们把话题拉回上面说的，我们无法组成一支完整的乐队，那么我们只能算是一个组合，就像后街男孩一样，我们可以起一个好听的名字，然后打出我们完美和声这张牌。这样就比较容易搞到专场合同，解决经济问题。

小刀说：对，多唱几个专场之后一定会有唱片公司看上我们，然后包装我们，让我们出唱片。

我当时没想过要出唱片什么的，这不过是我谋生的手段，我一定要坚持下来，成为一个优秀的编剧，写出好的剧本。

我们开始讨论什么样的名字可以让人耳目一新。

小刀说：处男组合。

然后看了看阿达，觉得好像有排斥阿达的意思，又说：这有点盗版动力火车，换一个。美男组合。

动力火车成名前在酒吧唱歌，就是叫处男组合，每次他们走上台去就会说：大家好，谢谢大家来听我们的歌，我们是处男，耶！

至于叫美男组合，我说：小刀，你这不是在自己排斥自己吗？

阿达板着脸，说：别玩了，你们两个就这点智商！

我们不说话，等着听他发言。

阿达张口说了名字差点吓死我们：飞儿乐队。

我看了一眼阿达脸上的婴儿肥，说：你还不如叫肥儿乐队。

小刀说：我们现在已经不是乐队了，换一个，叫他妈信乐团。

阿达说：你还不如叫他妈性乐团。

我和小刀立刻晕死过去。

主啊，你现在知道什么样的人说什么样的话了吧。

最后经过我们激烈讨论，把组合名字定了下来，叫：刀达丹。这个名字就是取阿达、赵小刀、周子丹我们三人的名字组合而成，这个名字谁也没排斥，不过这个名字是否能让人耳目一新，我实在不敢妄言，我反而觉得叫刀马旦比较好一点。

阿达是我们的福星，等他的手好了，我们也找到了一个夜总会的专场，于是刀达丹组合就在这里崭露头角。我记得我们第一次在那个地方唱的歌是后街男孩的《AS LONG AS YOU LOVE ME》。我们用这首歌漂亮的和声引起了一阵轰动。

那个夜总会叫"流金岁月"，这让我想起了认识黎晶晶的酒吧"雅木吉他"。流金岁月的老板叫罗大良，是个四十出头的江湖汉子，很有袍哥人家的义气。本来罗大良只是让我们试试，但当天晚上，来夜总会的客人听了我们的歌后，点歌不断，在这个场子里点唱一首歌有点小贵，要收五百块。我们共接了点唱三十首，于是罗大良就笑开了颜。

此人无比慷慨，第一天晚上的意外收入他立刻全给了我们三人作为额外酬劳。小刀激动半天说：妈的，好长时间没见过这么多钱了。

我笑着说：你就不能出息点？

阿达说：我觉得我们有必要去庆祝一下。

我和小刀点头赞成，阿达又提出要约上老板罗大良一起：此人太义气了。

那天晚上我们四个人去一家餐馆喝得很高兴，饭后阿达像个大爷一样，一拍桌子，喊：买单！

给我们的感觉是我们已经很长时间没有这样豪气干云地拍桌子叫买单了。阿达甩出五张一百的人民币。我们像看着崇拜已久的神一样看着阿达。

罗大良点了根烟，用的是都彭打火机，他笑了笑，把五百块钱拾起，塞到阿达手里，说：我来。

我们忙说：这怎么好意思！

罗大良说：你们帮我挣钱，你们的钱就是我的钱，以后买单都算我的。

我们一听，无比激动，觉得这个老大不错，是个豪气的角色。

阿达感动得泪汪汪说：罗大哥，您对兄弟太好了，我，我，我嫁给你们流金岁月了。

至此，我们已经开始稳定下来。我不能放弃我的理想，于是我的生活就形成了这样一个模式：上午睡觉，中午起床吃点东西，下午写剧本，晚上前往"流金岁月"挣钱，一直到凌晨四五点钟才收工,然后回去睡觉一直到第二天中午。如此重复循环。

一直到最后,我自己都知道自己无法成为一名成功的编导,无法拍出一部感人至深的电影的时候,我还对陆川说的那句话深信不疑。他说:一个成熟的人是敢于背负自己的理想,屈辱地活着。

33. 文化圈

老板罗大良是个球迷，喜欢边吃薯片边看球赛，人家都说中国球迷是最热情的，所以罗大良的热情从生活中一丝不留地转移到了足球上，他说：足球是男人的运动，总有一天，我要赚很多的钱，把皇马和曼联包下来，专门踢一场给我看。

此人据说睡觉也是抱着足球，因此他四十出头，还未成家。

此人与我相处一段时间之后，我发现此人做生意非常老练，在北京人脉颇广，是个人物。

罗大良对于兄弟们的关爱让我们觉得这是在北京的一盏明灯，都唏嘘为什么不早一点认识他，那样我们就不用看那么久彪胖子的脸色。但是经过我仔细推敲之后觉得如果不是彪胖子打断了阿达的手，我们也不会如此拼命地找场子，也就不会认识罗大良。因此这其中有着不可割裂的因果联系，就如同塞翁失马。

有一天，罗大良的"流金岁月"里来了几个客人，经过介绍得知是文艺界的名流，这几个人在夜总会刚一坐下，就像大爷一样叫唤小姐，一个十六七岁刚来夜总会做服务员的小姑娘被叫了过去，那几个名流论打扮那是西装笔挺、人模狗样，就是说起话来有点不大规矩。

其中有一个瘦高男子，对那小姑娘淫笑着说：你一晚上多少钱？

那小姑娘不懂他的意思，愣了一下，说：先生是问工钱吗？

那群人哄笑了一阵，说：不是，我问的是外快，哈哈。

那小姑娘说：我们这里没有外快呀。

那群人又是嘿嘿地淫笑，其中一个矮冬瓜说：那你要不要挣一点外快呀？

那小姑娘眨着大眼睛，说：我要问一下老板同意不。

瘦高男子哼了一声：少装处女了，你是真不懂还是假不懂？尽跟老子扯淡。大爷看你皮嫩，今天就你了，你开价吧。

小姑娘吓得颤颤巍巍，不知道说什么。

那群人当中一个年纪稍微大点的男子对那瘦高男子说：你看你，注意一下身份，也不能急成这样啊。

我在一边听了，扑哧一下就笑了出来：你们这群人搞笑啊，都这样了还真他妈注意身份！

那瘦高男子又叫来几个服务员，看了半天，指着一开始那个小姑娘，说：还是这妞嫩。

那几个服务员中有比较老练的，立刻知道是怎么回事了，于是很礼貌地对他说：先生，我们这里做的是文明生意。

那矮冬瓜说：我们都是文明人，知道知道，你们是文明生意，所以我们才到这里来嘛。

说着便伸出骨节棱棱的手去捏她脸蛋。那服务员怕得罪客人，不敢躲闪。那瘦高男子又伸手去摸那十六七岁小姑娘的屁股，那小姑娘大声尖叫。我才发现这小姑娘嗓门原来是很大的，她尖叫一声，简直把夜总会里的音响声音压了下来，她不去学美声太可惜了。那男的接下来摸得更放肆，一手把小姑娘牢牢搂住，一手往人家胸口游走，小姑娘挣扎不脱，哭了起来。

我实在看不下去了，走过去，拉开那只淫手，说：先生，别这样，人家还小。

那群人像喝孙子一样骂了我一通，我当时忍了一下，觉得不能惹事，于是边赔礼边伸手把那小姑娘拉到我身后。

罗大良闻声赶来，一边呵斥那群服务员，一边赔礼道歉。

那瘦高男子理了一下西装，一本正经地说：我们是文化局的，来看看你们这里有没有什么伤风败俗的事情。

罗大良愣了一下，我当时也想了一下，觉得这人真傻逼，怎么不找个好一点的借口。这事该不该你文化局管实在还有待考究。

罗大良笑着说：哦，原来是文化局的朋友，哎呀，我那天跟你们王局长打牌的时候他还说什么时候要找些朋友来捧我的场,这不,这股好风就把你们吹来了,这几个小姑娘不懂事,要不这样,几位今天晚上账单算我的。

那群文艺界的"名流"面面相觑,神色比较尴尬,赔笑着说:老板客气了,老板客气了。

然后他们叫了两瓶一千八的 XO。

事后我问罗大良:这样会不会很亏?

罗大良说:小兄弟,你还不懂,开门做生意,特别是我们这种公共娱乐场所,能别闹事就不要闹事,一闹开,就是十天半月客人也会对你这地方敬而远之,那才亏大了,两瓶酒算得了什么。

我问:你真的认识那群人吗?

罗大良说:不认识,不过看他们那样也知道是文化圈的。

我说:文化圈的都这样?

罗大良摇头:我认识他们王局长,老王可不会这样骚扰女人。

我心里一宽,觉得幸好在文艺界,好人还是有的。

罗大良补充道:他只会把女人硬往床上拖。

34. 小女子

罗大良此人果然精于世道，好厉害。

经过那天的事情之后，我发现那个十六七岁的小姑娘开始注意我的一举一动。

有一天阿达问我：你知不知道那个杨晚儿在打听你呀？

我问：哪个杨晚儿？

阿达说：就是那个前天被骚扰的，你跑去把她拉出魔爪，又拉到你身后的那个。

我笑了出来：你他妈怎么说得好像我把她拉出魔爪，然后把她拉到我身后又是一个狼窟一样。

阿达说：真的，你小子真是头狼，骗得人家对你死心塌地了。

我奇怪道：你说什么呢。

阿达说：那小丫头在跟小刀打听你的事情，我在一旁听见了。

我问：什么事情？

阿达说：问你有没有女朋友啊，品行怎么样啊，有什么爱好啊，平时的生活规律啊。

我一喜，忙问：小刀怎么回答的？

阿达说：他呀，就说了一句话，我觉得他说得很简洁也很概括地反映了你的各方面，小刀不愧是最了解你的人。

我心中更喜，说：你快说，他怎么说的？

阿达顿了一顿，说：他说，一个傻逼。

我仔细回忆了一下那个什么杨晚儿的模样，觉得此女挺清纯的，让我联想到大学时代的校服女生。

其实我心里一直有个校服情结，特别是进了大学，看到一些日韩影片里的大学女生穿着白衬衫红黑短裙，别着蝴蝶结，修长的腿，我就觉得这是我见过最美丽的女生。

"流金岁月"里的女服务生都穿着类似日韩校服的衣服，所以杨晚儿让我眼前一亮，仿佛回到了我的大学时光。

我的大学只读了一年，重庆那所电子专科，读了一年之后我自动退学了，因为我越读越觉得没有前途。我只记得我刚进学校的时候有这么一件比较好笑的事情。

那时我们听说某班有一个女生特漂亮，眼睛像李若彤，眉毛像张曼玉，鼻子像李嘉欣，反正江湖传说此女系绝色，于是一众男生纷纷前往观望。后来又听说此女常在学校的舞蹈教室练芭蕾，于是我们一致觉得此女身材必定也很好。

那天我和寝室里的一哥们儿一起前往舞蹈教室打望，重庆话里把观赏美女,叫作"打望"。我们远远看见舞蹈教室窗户上已经挂满了男生。我们好容易才挤进去,见那舞蹈教室里果然有一女子在跳舞,此女便是传说中的美女。

我们一大群男生挂在窗户上欣赏,我旁边一个脸上生满青春痘的男生边看边说:正点正点。

听口音是山东人。

我对他说:我也觉得正点。

那小山东见我是同道中人,于是问我:你是哪个系的?

我说:电信。

就是电子信息的简称。

我又问他:兄弟你是哪个系的?

小山东说:饥渴。

我看了看他满是青春痘的脸和他目不转睛地盯那美女的神态,心想你确实饥渴得要命。

于是我又问:哥们儿我问你是哪个系的,认识一下嘛。

小山东板着脸:都说了是饥渴!

我这才明白过来,是计算机科学技术的简称,计科。

我又问:知不知道这美女是哪个系的?

那小山东说:性感。

我一惊,觉得这女的确实很性感。

那小山东补充道:信息传感技术,简称信感。

从杨晚儿这个事情之后,我突然感到我对这群所谓文艺界的名流大失所望,但是更让我懊恼的是我是多么热衷于我的理想，我的编导梦想，希望能凭借着一部出色的剧本，一跃成为他们行列中的一员。

文化人。

小刀这个时候又发出了感叹：要成为他们中的一员啊？这个真他妈简单，你去把杨晚儿拉过来，也照他们那样摸一摸不就行了？

阿达和我一致认为这句话非常有道理。

但是我接下来要说的是，杨晚儿的出现给我造成了一系列巨大的变化。我开始淡出刀达丹的唱歌组合，流金岁月那边的活动基本上都是阿达和小刀在打理，我成了被他俩供养的对象。两个月下来我只去过一次流金岁月，都是听说那边出了点乱子，阿达被一个喝醉酒的客人揍了一顿，我赶赴现场。

我赶赴现场不是去帮阿达出气，而是去拉住小刀，我怕他把那人打成残疾，这样我们在流金岁月也混不下去了。

罗大良看见我的时候，说了一句让我很温暖的话：子丹，好久不见，在忙什么呢？

他这样问，让我感觉到我好像成了一个忙人，就像电视里面，一个好久不见的老哥们儿偶然在街上见到了，那老哥们儿问：哟！好久不见，在忙什么呢？我笑着说：这不是×××吗？哎哟，这几天就那个电影拍摄的问题，我都忙得喘不过气了，哎，这样回头我跟你联系，我还得赶去剧组呢！

嘿嘿，牛逼。

事实上，我这两个月确实是在忙着写剧本。主角是杨晚儿。她给了我灵感，我开始玩起深沉来，构造了一个非常现实的故事：一个无知天真的外地少女，来北京打工，希望自己有一天能过上自己理想的生活，我虚构了此间她的辛酸和眼泪，我写得很流畅，似乎自己的落寞跟她有着千丝万缕的联系。

虽然这部剧本可能跟以前写的那五部一样，泥牛入海或者是不翼而飞，但是我跟剧本中的主角一样，坚持着自己的憧憬。

35. 毒　品

这段时间跟肖翼联系过一次，电话那头他很是沮丧，我大惊，便问他是怎么回事。

肖翼说：现在李茉经常和夏顺寒混在一起。

夏顺寒夏大才子因为数学太差自知高考无望没有参加高考，让他当市长的老爸给他在政府机关安排了一个工作，比我们都提前步入社会。

我问：不是吧？朋友妻不可欺，夏顺寒怎么这个样子？

我振振有词地呵斥夏顺寒的时候，心里暗暗笑了一下，觉得这句话真幽默：你活该！

肖翼垂头丧气地说：夏顺寒已经没工作了，他觉得自己无法适应官场的人际关系，已经不在他老爹手下工作了，成天和一群无业青年混在一起。夏顺寒跟李茉倒是没什么。

我说：怎么，担心李茉跟着那群无业青年变坏呀？

肖翼叹了口气说：那群无业青年有他妈好几个都是抽粉

的。

抽粉就是吸白粉、吸毒。

我一听，心里紧了一下，无比恐惧，生怕会发生什么事情，叶子的酒吧里，男人在女人饮料里放摇头丸让女人疯狂兴奋，然后把她拖上床的事，我以前见过不少。乍一听夏顺寒跟这群人混在一起本来就惊讶万分了，况且李茉还跟他们在一起，就更是震惊得无以复加。

我忙说：这可不行，大哥你得劝劝李茉，跟谁混一起也不能招上那种瘾君子，那些家伙可什么都敢做。

肖翼呆了一呆，说：夏顺寒变了，跟着那群混混，听说还干贩卖毒品的勾当。

我简直不敢想象，曾经的才子，曾经被我们认为是学校最迂的人，曾经一直坚定着自己文学梦想的人，居然做这样的事情。

我问：为什么，他爸爸是市长，他应该不愁钱才对呀！

肖翼说：不就是寻找刺激吗？我估计是夏顺寒是被压抑久了，所以通过这种方式发泄。

我又问：那为什么李茉会跟他混在一起呢？

肖翼吼道：我怎么知道！李茉是我女人还是你女人？妈的这么关心她！

我一呆，再也说不出话。

电话那头肖翼深深吸了一口气，说：兄弟，对不起。

我听他差点哭出来，心也软了，说：没事，我知道你是心里紧张,好好劝劝嫂子,以后少跟那些人接触,跟那些人接触是很危险的。

肖翼说好的。然后挂了电话。

我心里一紧,也挂了电话。挂上电话之后心情突然低落。赶紧关上了房间的灯,然后给在上海的黎晶晶寝室打了个电话。电话响了几声没人接,我又换打手机,她那头接起来音乐吵闹,简直听不清楚说什么,我喊了几声:喂、喂、喂!

那头仿佛没听见,只有男男女女的嬉笑声,然后就挂了电话。

我只好打开收音机听广播,里面正在放一首《词不达意》。看了一眼窗外的霓虹,华丽而落寞,热闹却孤单。我不忍再看,捂上被子,歌曲完了,被子也泪湿了。

36. 斧头帮

我现在知道这个世界对于一个男人来说最恐怖的是什么了,是孤单。我决定放下笔,我要做点有意义的事情,比如去好好谈一场恋爱。

我跟小刀谈起,小刀大声赞同,觉得我终于开窍了。于是我跟他们商量我想去趟上海。

小刀说:你是去找黎晶晶是不?

我说:说不定,万一我遇到一个我中意的上海女人我就把她带回来给你们见见。

小刀说:那我去给你买车票,你身上钱够吗?

说完又拿出一叠票子,说:这是这个月罗大良给我们三个的,你拿去吧。

我推开,说:这两个月我基本上没干活,这钱不能要。

小刀说:少他妈跟我见外,我们三个本来是一体的!

我被狠狠感动了一番。

于是我决定去跟罗大良说一声，毕竟人家平时把我们三个当小兄弟一样。那晚流金岁月里跟往常一样热闹。我走进去的时候，那个穿着可爱制服的杨晚儿看见了我，一脸久违的笑容，跑过来，说：可看见你了，那天的事情我还没跟你道谢呢。

我说：不用了，本来就是举手之劳。你应该谢谢罗老板才是。

杨晚儿笑着说：这样吧，找个时间让我了解了解你。

我心想：你个小丫头，现在的小姑娘怎么这么直接啊！

于是我说：干吗要了解我，我又不是文化局的。

杨晚儿扑哧一下笑开来，说：我知道你不是文化局的，但是你想做个编导是不是？

我说：你怎么知道？

心里想肯定是小刀跟她说的。

杨晚儿看了我半天说：听说你还没女朋友是不是？

我说：没有。

杨晚儿说：那我帮你介绍一个。我觉得你是个好人，在北京没有女朋友会孤单的。

我笑了笑，说：小丫头，谁跟你说的，谁说在北京没有女朋友会孤单啊？

杨晚儿摇晃着脑袋，说：是领班的大姐跟我说的。

我说：果然是小丫头，别人说什么都信呢。

杨晚儿哼了一声，拿出一张身份证，说：我都过了十八岁了。

我说：我比你大两岁，我叫你小丫头应该没问题吧？

这时听见罗大良叫我，我应了一声，跟杨晚儿说：我有事，不瞎扯了。

杨晚儿扮了一个鬼脸，凑过来在我耳边对我说：我等你。

那天晚上的事情是这样，罗大良叫我过去，我走到他办公室，里面已经坐满了人，小刀、阿达等人以及"流金岁月"的领导阶层都坐在里面。

罗大良说这段时间夜总会生意不理想，让大家商量商量，出出主意，看能不能让夜总会里比较昂贵的酒更为畅销。

我想了半天说：估计要专门培训一些服务员来卖酒才行。

罗大良说赞成，然后问我应该怎样做。

我说我只是有点粗浅的想法，具体还不知道。

一个股东模样的人说：我觉得应该让人去外地学习学习，今天的"流金岁月"已经不是以前那种场子了，现在在北京"流金岁月"已经有了二十多家分店，其中包括按摩、酒店、夜总会、酒吧、歌厅迪厅五种娱乐业务，称得上是北京夜店行业的龙头了，但是我们的人事管理上仍然存在着重大问题，比如有些人几个月根本不做事情却一样拿薪水。

我一听，知道这人是"流金岁月"的元老级人物，而且此人的矛头是指向我的。

小刀说：我也觉得有些人总是装作一副元老样不做实事。

旁边另外一个元老模样的人阴恻恻地笑：我们当初跟罗

大良兄弟创业的时候你们还在穿开裆裤呢,什么时候轮到你们几个小子跳到台面上说话了?

小刀正要争辩,一旁的罗大良拍了拍他肩膀,小刀立刻住口不说。

罗大良说:手心是肉,手背也是肉,大家都是自己人,要互助友爱,不然我会难做,和气生财嘛。

这间办公室里就我、小刀、阿达是最后入伙的,其他估计都是跟着罗大良创业的元老,再说我们不过是这个夜总会的歌手,在这些元老面前确实没有说话的资格,于是我们三个就竖起耳朵乖乖听着。

另一个元老就说:年轻人的想法比较新潮,我们是娱乐行业,所以我觉得我们应该多听听这些年轻人的意见。

这话让我们非常之舒服。

罗大良决定让几个元老来主持各个堂口的重新装修,特别嘱咐装修的时候一定要听我们几个年轻人的意见。然后又和若干元老一起制定了一套新的人事管理制度,其中我们三个被分开来,说必须三个人都努力工作,否则我们整个刀达丹组合拿不到一分钱。

我心想这下我再也不能每天写剧本了,也好,反正我打算去趟上海。

散会之后我留下来跟罗大良说我想去上海。

罗大良说:刚才几个元老都说了,跟我们签约的是刀达丹组合,要是有一个人不工作,你们是拿不到薪水的。你出去了，小刀和阿达怎么办？

我说：大哥你能通融一下吗？

罗大良想了很久，终于开口说：好，这样，你拿我的手信到那边去，去学习学习上海那边娱乐场的管理方法。

我立刻明白过来，赶紧说：谢谢大哥，谢谢大哥。

罗大良是我见过的少有的仗义汉子。他能有今时今日的地位，想必也是饱经了一番辛酸的。

罗大良说：走，子丹跟我一起回去，我外面有车，送你。

罗大良跟我们还真不像老板和员工的关系。

我和罗大良一起走出来的时候，看见了杨晚儿。她还等在外面，"流金岁月"的招牌是一块大大的霓虹灯，灯光映下来照着杨晚儿清纯可爱的脸，北京的冬天有点冷，杨晚儿冻得在路灯下蹦蹦跳跳。

罗大良对我笑笑，说：人家等了你这么久了不能让人家白等吧。

我点了点头，说：大哥要不你送她回去。

罗大良像看怪物似的看着我说：你就装吧，你舍得？

我笑了说：有什么舍不得，又不是我的。

罗大良说：唉，算了，我对小女生不感兴趣，这年头老牛吃嫩草要被谴责的。

我和罗大良正说着话，听见杨晚儿尖叫一声，一辆摩托飞车往罗大良撞过来，我们正走在人行道上，这辆摩托显然是不怀好意的。就在电光火石间，摩托车撞上了罗大良前面的一根路灯杆，摩托车手飞了出去。

此人飞跃功夫非常到位，在空中一个平沙落雁然后倒在地上叫了几声哎哟，翻身起来，顾不得摔痛，从腰间掏出一柄斧子，就往罗大良砍来。此人与我们相距甚近，他冲过来的时候我们觉得他简直是疯子。

如果说是要搞点什么黑社会那套来个刺杀什么的，也应该找个隐蔽点的地方呀，此人一出现，估计是想用摩托车撞死罗大良，不料撞上路灯杆，来了一个轰轰烈烈的出场，这就太过招摇了。

我一呆，觉得这都什么年代了，还流行斧头帮啊，骑个摩托也会骑翻车，这种水平来当杀手未免太笨了。

罗大良往后一退，就给我留出了出手的空间。一起脚正中他小腹，就把他截停原地，我上前一个小擒拿，扣了他右手，夺了他斧头，将他踢倒在地。罗大良上前来，问：谁派你来的？那人长得跟白痴一样，说话也如同白痴一般，他说：老大让我来的。

罗大良说：你老大是谁？

那人说：老大就是老大。

我这才明白此人是个神经病，也就是说，他做了什么事是不用负刑事责任的，派他出来开车把罗大良撞死，他也不会被判刑。这人虽然是傻逼，但他的老大却是个非常精明的人。

罗大良明白此人的智商之后，又问：听说你是斧头帮的？

那人说：就是，我是斧头帮的。

神态非常之得意。

我和罗大良心里发笑，此人又说：老大说你们生意做的太大，把我们压倒了，要给你点颜色看看。

罗大良听了脸色马上变了。估计他是意识到这个事情的严重性了，如果起因是生意上的事情，那么就什么事情都可能发生，包括有人故意指使这样一个不用负刑事责任的傻子来杀人，这也是可能的。

斧头帮是三里屯一个流氓组织，光听名字就知道这个帮派没文化。幕后老板也是个经营娱乐行业的有钱人，豢养的一群黑社会分子还干些买卖毒品、帮人讨债、走私等勾当，这两年北京夜店行业被罗大良的"流金岁月"垄断，他们自然要跳出来对付罗大良。罗大良是有头有脸的人物，如果莫名其妙地死掉，一定会引起社会上乃至公检法系统的重视，但是如果他死于一个精神病人驾驶的摩托车，这就只能是一场意外了。

我把此人放了，这样的人留着也没用。杨晚儿这才走过来，一张脸煞白，显然是因为刚才惊吓过度。我问她：你没吓着吧。

她看着我很崇拜地笑，说：你好厉害，文武双全的。

我脸一下子就红了，罗大良咳嗽一声，替我解围。我马上把话题转过来，问罗大良：这个事情准备怎么处理？

罗大良说：我明天约斧头帮老大谈判。

说起谈判,我想起当年黎晶晶因为和李宗圣的手下发生纠纷,十一姐跳出来去跟李宗圣谈判的情景,然后引发了我跟李宗圣的争斗以及我和黎晶晶突飞猛进的关系。

我问:你一个人去?

罗大良说:当然不是,你放心去上海,我这边兄弟不比他斧头帮少,明天去跟他们老大谈谈,要是他们咄咄逼人,我就让他们在北京消失。

我心想:罗大良真有老大气魄。

罗大良对杨晚儿笑道:丫头,你等谁等了这么久呢?

杨晚儿也不回避,直接说:等他,周子丹。

罗大良坏笑说:哎呀,我把他留得久了,你没怪我吧?

杨晚儿说:哪里敢呢。

罗大良说:好,子丹你就把她送回去吧,人家一个姑娘,刚才肯定吓到了,心里害怕,你就当回护花使者。

我还没来得及说话,杨晚儿已经挽上我胳膊,说:谢谢老板,我们先走了。

我心里想现在的小姑娘是越来越开放。忽然想起什么,回头叫罗大良,他已经上车走了。我有一点担心。

37. 花样年华

我和杨晚儿走在大街上,街上行人很少,有点冷清的味道。杨晚儿挽着我的手,我没有拒绝她。我突然想到我似乎总是喜欢让一些相关甚微的事情勾起我的回忆,比如罗大良提到谈判,我就想起黎晶晶来。

我总是爱回忆,是因为霓虹太美了。

杨晚儿看了我一眼,说:子丹我喜欢你。

我问:你喜欢我什么?

杨晚儿说:你跟其他在"流金岁月"里的人不同。

我心里突然无比温暖,杨晚儿看着我,眼睛眨呀眨,很可爱。我一把把她抱住,杨晚儿没有挣脱,她说:别,这里人多,要不,你跟我到我家里去吧。

我琢磨着现在街上已经没人了啊。我不想做什么,只是想抱一下她。

我听她说可以去她家里,却丝毫没有高兴的感觉,反而满不是滋味,把她松开。

杨晚儿说她很喜欢看电影,于是我们一路走,一路谈些电影,谈王家卫的《花样年华》,谈《阿甘正传》,谈《霸王别姬》。我忽然觉得我们有了共同语言,那天晚上我们走了很久才走到她家楼下。她告诉我她是北京人,自己一个人住在这个小公寓的十五楼里,父母却都不在北京。

我一听才知道并不是我想象的外地姑娘来北京打工饱经辛酸那种。

杨晚儿问:听说你要去上海?

我说:是。

她说:去会情人?

我说:还不算是情人。

杨晚儿神情有些哀伤,问:她漂亮吗?

我说:不漂亮。

杨晚儿又问:那她对你好吗?

我说:昨天给她电话她在外面玩没有搭理我。

杨晚儿伸出双手,勾住我的脖子,说:你要送我上楼去吗?

我看过不少电影里,都是这种情节,男人把女人送到楼下,如果女人不反对男人在她家过夜,就会给出暗示,让男人送她上楼,然后进屋喝点什么比如红酒啦比如咖啡啦,然后打开很迷离的灯光,放点靡靡音乐,两人就会开始亲密。

我看着杨晚儿,刚满十八岁的小姑娘,怎么就这么开放呢?

杨晚儿问：怎么了？

我摇了摇头，尽量避免与她的眼对视，说：算了，我不上去了，明天还要去上海，回去要收拾一下。

杨晚儿抿嘴对我一笑，把嘴凑到我耳朵边说：好，你早点回去，躺到床上想我。明天我来送送你，她不是你的情人，她可以做你老婆，我来做你的情人。

后面三句话，没有逻辑联系。她贴近我耳朵的时候，我闻到她身上的香味，她说得很是小声，却听得我耳根都滚烫了。

她吻了我一下，嘿嘿坏笑，说：看样子是你的初吻吧，还脸红？

然后转身就跑上楼去了。

我正想跟她说：不，这不是我的初吻，我的给黎晶晶了。

回去之后小刀和阿达已经睡着了，我把小刀摇醒，告诉他今天斧头帮的事情，小刀大笑他们是傻逼，说连赵小刀和周子丹的老板都敢惹，这不是找死么？

我告诉小刀我的剧本写好了，让他帮我给罗大良，罗大良在文艺界很有一些朋友，让他们看看，帮帮忙，看看这个剧本能不能给推荐一下。

小刀说：没问题，包在我身上，你就放心去找你的黎晶晶去。

那个晚上我一直没睡觉，躺在床上果然满脑子是杨晚儿。她的可爱面容，她的玲珑身体，特别是她身上的香味，她刚满十八岁应该还是个处女，但是她的言谈举止如此开放，那么轻易就可以带我去她家这又让我觉得她以前应该有过男人，那她还会不会是处女？她是否真的跟她的面容一样纯真，为什么那天那个瘦高男人用言语调戏她，她却又听不懂，她是真不懂还是装不懂？

想着想着，翻来覆去把小刀给碰醒了，小刀骂了我一句：明天还要去上海，你他妈能不能早点休息了？

我一惊，想起自己要去上海，骂了自己一句：周子丹，你真混蛋。

我去上海不想提前让黎晶晶知道，我要给她一个惊喜。

38. 说说而已

所谓惊喜,并不是你可以预见的,你如果能够预见那就不叫什么惊喜了。我想了一下,觉得我去上海的举动到底有什么意义,可能我只是想见黎晶晶一面,这么久没见了,确实很想很想她。

第二天去车站,杨晚儿果然来送我。

我记得多年前我被初中开除的时候肖翼来送我,那时候我两兄弟还一起喜欢着李苿,如果我不被开除的话,我会不会追到李苿了?

答案只有天晓得。

杨晚儿送我的时候只对我说了一句话,她说:记得我在等你哦,等你回来做你的情人。

我下意识地点了点头。当我意识到不该点头的时候她很开心地笑了,我大受其窘,又不好纠正。

上了火车,我在想,情人到底是个什么概念,是不是像昨天晚上杨晚儿挽着我手走在大街上那模样，又或者是像我和黎晶晶差点发生关系那样，不，应该说是更进一步发生了关系那样。

我没有得出答案。

说起感情这玩意儿，我想起我大学的一个哥们儿，此人与她的女朋友是从高中就谈起，双方家长都知晓此事，对此事均持同意态度，眼看二人必定会一起走上红地毯，然后一起见上帝，不料中途出了一点岔子，二人分手了。

原因不明。

那哥们儿回寝室来拖着我陪他喝酒，那天他喝得大醉，我怀疑那晚的酒是劣质的，之所以会引起我的怀疑，是因为从那天他喝醉之后，整个人就变得浑浑噩噩，经常晚上突然坐起，慢慢爬到另外一个室友床上，摸着人家脑袋说这西瓜不错，另外他听见一切跟感情有关的词语就会伤感一番，最后情绪泛滥简直到了令我们抓狂的地步。

比如此人有一天在街上走，听见音像店在放张雨生的歌《我的未来不是梦》，他会突然停下脚步，表情非常之凄惨，一字一顿非常缓慢地说：未来？什么是未来？我已经没有了未来。

这还不是最绝的。

有一天我们寝室出去改善伙食，服务员上了一道空心菜。

此人一惊，捶胸顿足，摇头道：空心菜？什么是空心菜？心都空了，还吃什么菜？

我们全场晕倒。

想到这里我突然在火车上笑了出来,高中和大学岁月的感情问题,不就是笑笑哭哭悲悲喜喜聚聚离离,说说而已吗?

但是这些说说而已却是我们生命中最美好最纯真的感情,因为它不带一丝杂质,喜欢就是喜欢,纯粹无比。

39. 灰姑娘

到上海的时候是晚上了。我下火车的时候，正好看见一个老大爷拄着拐棍走路不稳，差一点被人群挤倒。我赶快上前扶住，老大爷对我笑了笑。我扶着他走到月台，我问他：老大爷，你儿子没来接你吗？

老大爷好像没听懂的表情，说：儿子？没有？

我也不知道他说的是没儿子，还是说没有来接他。

出了车站我帮他叫了一个的士，老大爷上去之后说了一句上海话，的士司机就把他带走了。临走老大爷说了声：谢谢。

就在我微笑着觉得一到上海就做了一件好事，多么值得自豪的时候，我发现我的钱包不见了。

我吓了一跳，赶紧搜遍了全身，一无所获。马上明白过来，是那老大爷搞的鬼。妈的，真厉害，连我的钱包都偷了去我还完全没有意识到。

老庄师父教我功夫的时候说但凡练武的人都是正气护体

的，我却被人当面摸去了钱包，这事情要是让老庄师父知道了那还不把脸丢光啊？

但是我立刻意识到这件事的严重性：钱丢了，我在上海将寸步难行。我拿出罗大良给我的介绍信，他说我到了上海可以去找这个人，一方面他会帮我的忙，一方面我可以从他那儿学到一些管理方面的经验。

我打开信封，里面有十张一百的人民币，另有一张便笺。

便笺上写着：

提前支付你的部分薪水，以作应急之用。

罗大良真是个不简单的人。

那封信上说明让我去找他的一个叫刘少君的朋友，那人是大上海夜总会的老板，还做房地产炒卖生意，身家不得了，要想以后出人头地就去投奔他，虚心跟他学学。信上有他的地址。

这钱该怎么用呢，今天晚上是不能去住旅馆了，在上海这就只够两三天的开销。我在这两三天里还要去见黎晶晶，还要去找那个富翁。

我最后决定今晚就在月台过夜了。

上海西区车站夜里有点冷，风卷着地上的纸屑，跑到我身边打了几个旋，我畏畏缩缩坐在墙角，双手抱膝，冷得发抖。我看着车站人群的离散，想起动力火车的一首《忠孝东路走九遍》，里面有一句歌词：有人走得匆忙，有人爱得甜美，谁会在意擦肩而过的心碎。

我一直搞不懂这句的意境。

坐在墙角，我就开始犯困，迷迷糊糊梦见小刀把我的剧本给了罗大良，罗大良找来一些文艺界知名的人来，他们看了我的剧本开始惊讶于我这样有才华的人居然没有被早早地发现。然后他们联系了一家影视公司，开始把我的剧本拍摄成电影。电影红了，我也红了，穿着西装领不同的奖项，说着感谢CCTV，感谢MTV，感谢我的经纪人，感谢我的爹地妈咪之类的话，我一边说一边哭得稀里哗啦，感叹除了我自己没有人可以理解我的苦、我的理想。

一阵歌声把我的美梦弄醒，我把衣服裹得更紧了一点。

听见歌声是月台那边传过来的，仔细一听，原来是张艾嘉的《爱的代价》，就是我和黎晶晶合唱过的那首。我对自己说：明天就能见到黎晶晶，给她一个惊喜，就算再冷也值得了。

还记得年少时的梦吗，像朵永远不凋零的花。

陪我经过那风吹雨打，看世事无常看沧桑变化。

那些为爱所付出的代价，是永远都难忘的啊。

所有真心的痴心的话，永在我心中，虽然已没有他。

走吧，走吧，人总要学着自己长大。

走吧，走吧，人生难免经历苦痛挣扎。

走吧，走吧，为自己的心找一个家。

也曾伤心流泪，也曾黯然心碎，这是爱的代价。

也许我偶尔还是会想他，偶尔难免会惦记着他。

就当他是个老朋友啊,也让我心疼,也让我牵挂。

只是我心中不再有火花,让往事都随风去吧。

所有真心的痴心的话,都在我心中,虽然已没有他。

第二天,天还没亮,我就去打听黎晶晶学校的位置,问到这个位置之后马上打车飞奔过去。估计黎晶晶这个时候应该去上早课了。

的士开到上海高等音乐学院,这所学校从外往内看,就像一架钢琴,构造独具匠心透着艺术的味道。学校门口还没有几个人,一片雾沉沉,有一个穿黄褂的清洁工人在打扫学校外的落叶和纸片。

车停了下来,就当我要付账的时候,我看见前面一辆丰田车开过来,停在我坐的这辆的士前面,的士司机骂了一句上海话,骂的什么没听清楚,反正知道是跟那丰田车的主人的老妈有关。

然后我看见一个四五十岁的西装笔挺的老男人从驾驶座走下来,走到右边打开了车门,很绅士地迎接下来一个女子。

这个女子居然是黎晶晶。

这么大清早,她跟这老头去了什么地方?黎晶晶下车之后快步往学校走,估计是赶去上早课。那男人站在原地,微笑地看着她匆忙离去的背影。黎晶晶突然停下脚步,转身回来扑到那男人怀中,与那男人热吻,那男人一双灵巧的手在她身上大肆抚摩。好在清早校门口人不多。

一阵激烈的亲密接触之后两人才分了开来。

黎晶晶整理了一下头发,说:我走了。

那神情依依不舍。

那老男人舔了一下她的鬓角,说:宝贝,我晚上准时在这儿等你。

的士司机看了刚才那一幕,一脸坏笑地盯着那辆丰田车,自言自语说:现在灰姑娘都是大清早回来的啦!

我坐在车内,呆在当场,司机转过头来,说:到了,一共三十五块。

我摸出钱来,手抖个不停,递了一张一百的给他,说:不用找了。

那司机惊讶地看着我。

我的胃突然有点难受,估计是昨天晚上在月台受了凉。小的时候奶奶最怕我着凉,常常吓我,叫我把蹬开的被子盖上,不然就会凉到肚子,这样我就不能吃东西了,肚子着凉了吃什么都会吐出来。

我想我现在真的凉到肚子了,只感觉腹内一阵翻滚,我推开车门,哇的吐了出来。我吐啊吐,就好像整个人都要被抽空一样。

那司机看我吐得太壮烈了,于是问我要不要去医院。

我说,你带我转上海一圈吧。

他大惊。我吼道:怕老子没钱给你啊?

我收拾了心情,去看了一趟外滩,罗大良跟我说过当人心情不好的时候喝红酒会觉得是苦的,于是我去超市买了一瓶长城干红和一箱啤酒,坐到万国建筑临江的栏杆旁,一边喝一边看着来来往往的车辆,穿梭来去。我想起那次在叶子酒吧黎晶晶给我端来的红酒,那时候起我就觉得红酒是世界上最好的东西。现在红酒灼伤了我空虚的胃,不敢进食,怕又吐得天翻地覆。

不知不觉夜幕降临,路灯亮了,灯光洒在我身上,觉得很温暖。一对对情侣沿江散步,从我身旁走过,无人在意街灯下落魄的人。

我恍然明白动力火车那首《忠孝东路走九遍》,里面的一句歌词:有人走得匆忙,有人爱得甜美,谁会在意擦肩而过的心碎。

我明白它的意境了。

这个时候那辆丰田车应该又接到了黎晶晶,载着她一起奔向一所豪门富所,那里有盛着热水的浴缸,有空调,有上等香槟,有一张舒适的黑檀木大床,床头有一盏温暖的台灯,一盏复古欧式留声机划出唱片的靡靡之音。

正值此幸福的时刻,谁会在意一个衣衫不整、满脸悲伤的年轻人在这个喧闹浮华的上海号啕大哭?

等所有酒都喝光的时候,我抱着一线希望,用手机给黎晶晶打了一个电话,问:晶晶你在干吗呢?

黎晶晶在那头支吾着说:我正上课呢,有什么等下再说吧?

电话那头那个老男人问了一声:谁?

黎晶晶说：我同学。

然后挂了电话。我握着手机，里面嘟嘟作响，我一咬牙把黎晶晶的电话号码删了。

后来发现这个举动真他妈白痴，其实我是把这个号码从手机里转到心里了。

接下来我趁着酒性做了一件非常之疯狂的事情，我脱掉了鞋子，光着脚，在这条马路上奔跑。

车辆轰乱了。后面有人叽叽呱呱不知道骂了些什么。跑累了瘫坐在路边，给杨晚儿打了个电话，直叫：我要死了，你快来你快来。

杨晚儿在那头啼笑皆非，说：你在上海我怎么来呀？

40. 汉 子

那天晚上我不知道自己是怎么到的医院。我睁开眼睛，看见一个中年男子在我旁边，他长得很是强壮，个子也很高，估计有一米八九的样子，脸上有棱有角的，相当粗犷。他告诉我说是罗大良从北京打了电话过来找人关照我。

我心想，这可好了，省得我再去找他，于是问他：你是刘少君？

他说：不是。

我心理浮起两个字：失望。

他接着说：他是我老板。

我说：那好。

然后我开始摸身上的介绍信，发现全身痛得要命，昨天跑得太狠了。他看明白我的用意，忙说：子丹兄弟不用了，老板已经看过介绍信了，他说你就留在上海一段时间，跟着他做做事。

如果这件事情是发生在看见黎晶晶之前，我一定会为我的好运大祝其喜，但是我现在的心情无比沉重。

那男子看着我说：男人大丈夫有什么看不开的，找点事情做做分散一下注意力不就好了。

我一呆，说：你怎么知道。

他说：昨天老板接到罗总电话，就立刻带我去找你，结果我们发现你的时候你已经醉得不省人事了。

我问：那刘总呢？

他说：刘总房地产公司那边有点事儿，已经去处理了，他刚走，你就醒了。

我一惊，人家可是身价牛逼的富翁，上海黑道白道知名的人物，昨天晚上亲自来寻我已经很纡尊降贵了，还通宵守着我。

他接着说：罗总交代的事情，我们一定要办好的。

我心想，罗大良面子可真大。

那男子叫古刚，是刘少君的司机兼保镖。刘少君在上海虽然名声在外，但是做生意的人难免树敌，这人能跟他当保镖，想来功夫是不错的。

一想起功夫，我想起老庄师父来，如果让他知道他弟子如此不争气一定会气晕过去的。

我看古刚是个江湖中人，听他刚才所说男人大丈夫有什么看不开的，找点事情做做分散一下注意力不就好了，心想此人确实是个豪气男儿。

于是我对古刚说：好，老哥，我今年二十，你就叫我一声小弟，以后我在上海就跟你混了。

古刚一拍我肩膀，痛得我差点叫出来。他说：好！子丹兄弟，以后我就是你哥了！

古刚的电话响了，他接起来不住点头答应，然后转头对我说：刘总有事情赶去温州了，等兄弟你好些了我带你去见公司主管，刘总临走之前把一切都安排好了。

我点了点头，心里还想着黎晶晶。暗自骂了两句：周子丹你真没出息！

接下来的事情是这样发展的，我在医院待了一天，第二天早上起床觉得身体舒服了，正想起床活动，手机一下子响了，是杨晚儿的短信：昨天晚上睡得还好吗？刘总有没有找个美女什么的陪你呀？

我苦笑，心想这小丫头，回她：没啊，昨晚头痛得要死，昏昏沉沉，我也不知道刘总给我找了个什么样的来陪我。

发完之后心里想笑，昨晚刘总找了古刚这个精壮猛男来陪我。

我又发一条过去：我知道是你通知罗大哥的，谢谢你。

杨晚儿发过来：客气什么，我不管你谁管你。

我心中一暖，放下手机，起身到病房阳台转了转，活动了一下拳脚，古刚在门外看了，说：原来你也是练家子，那太好了，以后有机会多切磋切磋。

他说这话的时候让我联想到了跟我一起学功夫的小刀，

才离开北京几天，突然有点想他了。

于是给他发了条短信报平安。

古刚告诉我他是重庆人，来上海已经很多年了，本来是想来上海多读点书，学点商业的东西，结果没想到做了打手。他常常感慨：狗日的，怎么当初就没好好读书，到处跑去逞强斗狠。

我安慰他说：大哥你别这样想，人生处处有青山嘛，再说了现在有一技之长的都是人才。

在这里我觉得我有必要交代一下，毕竟我在重庆那所电子信息专科学校读了一年的，对于那边的语言我比较了解。他们说的"日"就是北方说的"操"，我研究了一下这估计跟北方人和南方人性格上的差异是一样的，操字和日字发音上存在着很大的不同，比如说操的时候，因为是四声，又是平舌，所以有一种非常锋利的感觉，比较符合北方的豪迈；说日字呢，这就比较平和。人家都说南方人吵架像机关枪，特别是重庆的女人，一旦开口就没完没了，大范围扫射讲究数量；北方人吵架呢就像手持大砍刀，一刀接一刀砍的是气势。

说到这个字，我想到一个比较不雅的笑话，是古刚讲给我听的，我那天还在病房的时候，他听说我在重庆待过，于是觉得无比亲切，问了我一个问题：你可知道李白他马子是谁?

我说不知道。

他又问：李白他女儿呢？

我说也不知道啊，我可真是孤陋寡闻。

古刚笑着说：你再想想，你在重庆待过就应该能想出来。

我实在想不出来，那两天正心烦黎晶晶的事情，也没心情去跟他猜谜。

古刚哈哈笑道：李白他妍头叫赵香炉，他女儿叫紫烟。

我一听，觉得没意思，点头敷衍了一下。

古刚恼了问：你怎么不问一下为什么？

我忙问：哦，那是为什么？

古刚说：有诗为证，我们小学就学过了这句诗，李白是这样说的。

然后他说了一句诗，让我差点吐血，他说：日照香炉生紫烟。

他俨然把重庆方言里的"日"字运用得炉火纯青，从这句话里读出了大诗人李白的私生活。古刚你他妈真是个人才。

我忍不住笑了出来。这是个老掉牙的梗了，我居然不知道。

古刚松了一口气，说：老弟，你终于开怀了，不就是个女人吗。

我说：你怎么知道是因为女人？

古刚不说话，转身去帮我倒开水。

我隐隐感觉，古刚也是个有故事的人，只是他把这些东西藏得很深。

41. 东方明珠

　　第二天古刚带我去见他们公司的主管，他们公司叫少君企业，这让我联想到日本的大君啊太君啊什么的。主管姓陈，是个公公样的人，听说非常之精明。

　　他用尖锐的声音问我以前有没有搞过房产之类的工作，我说没有。

　　他又问那你在罗总那里都干什么呢？

　　我说唱歌。

　　他冷哼了一声，说：我们企业下面的大上海娱乐城，那是什么样的歌手都有，刘德华还来开过演唱会呢。

　　我心里老大不高兴，心想：你以为我愿意以卖唱为生啊？

　　我说：没办法啊，"大上海"什么样的歌手都能登台，那就没有职业和专业的区别了，张学友还在我们北京工人体育场开演唱会哩！

　　陈总管说：哎哟，嘴还真滑。

然后他翻了半天手上的什么资料册子,说:这样,你就去"大上海"做几天服务生。

我笑了,说:我在罗总那边可是厅子的主唱,罗总是要我来学习你们人事管理的,我担心做服务生不能很好地领悟你的管理手段啊!到时候罗总那边面上不好看。

陈总管笑了,说:不错,小伙子有个性,你来做我的助理,今天晚上跟我去大上海走走场子,让弟兄们认识认识你。

就这样,我开始了我在上海为期三个月的所谓高层生活,出门有司机,上班有办公室,没事的时候就往"大上海"的吧台坐着喝点咖啡,我再也不喝红酒了。刘少君的大上海果然有一套,我在这边待了这么久还没见谁来闹过场子,足见刘少君此人在江湖上的威望,虽然我没见过他的面,但是感觉此人比罗大良更胜一筹。

陈总管基本上不在"大上海"出现,我就直接成了这个娱乐城的头儿,做老大的感觉真好。一天到晚就是应酬应酬来光顾的老朋友或者是上海有点身份的,一个月还有几大千的薪水,我突然感觉自己成了有钱人。

在这边的时候有事没事就跟杨晚儿发发短信什么的,手头有了点钱就给她买点什么东西邮去,有一次她来电话说看上一件香奈儿的香水,她说,不贵,就一千左右。我也去买来送她。

我突然对杨晚儿有了一种感恩,估计是那天晚上我烂醉的时候她接了我的电话陪我聊了一会儿,还通知罗大哥。每次送杨晚儿东西，电话里的她都无比喜悦。我为什么这么热衷于送她东西呢，我想我是喜欢她收到东西喜悦的样子，说白了就是我能用自己的能力换取物质去满足女人，这让我有了尊严感。

于是我发誓我一定要好好挣钱，等到自己有了足够的钱就买一辆宝马什么的，反正是比丰田好的车，然后开到上海高等音乐学院去，停在外面，看着黎晶晶坐上那老男人的丰田，我马上随便勾一个他们学校的女的上车，然后在黎晶晶面前带她走。

每次想到这里的时候我就有报复的快感。

我在大上海看到过一次，有人来贩卖摇头丸，那人是这片的一个混混，我找人把他轰了出去。只要我在这个地方，就绝对不允许这些污秽出现，毕竟我是曾经梦想着当个大侠的人。

后来陈总管把我训了一顿。

是不是每个夜店都有这些东西出现呢？

那天挨训之后，古刚来找我，把我叫出去喝酒。古刚整整长了我十岁，就像个兄长一样。他告诉我说这个世界上有光的地方就一定有阴影，这是谁也无法扭转的。

我想了一下，觉得我是不是太幼稚了，都他妈二十岁了。古刚说，你要想管理好一个娱乐城啊，就不能把自己当君子！

我点头称是，问：那些人来场子里卖那些犯法的玩意儿对我们有什么好处吗？

古刚说：嗨，好处多了，他每天晚上都必须给我们交租啊，我们给他场地卖K粉、摇头丸，他们也得孝敬我们场子，你轰了他们也就减少了大上海的收入，陈总管当然要训你了。

我叹了一口气，问：要是出事怎么办？是我的责任还是陈总管的责任？

古刚说：不会出事！你想，这上海谁敢来动刘总的场子？

我苦笑，心里想：罗大良在北京如此风光，三里屯的斧头帮不一样也敢来动他么。

想到这里，我突然担心起罗大良来。我来上海一个月了，跟他通过一次电话，他只是说一切皆好。我心想那种小帮派应该不敢对他做什么。但是我想到的是，为什么一个斧头帮要来动他，"流金岁月"的生意做得虽然大，但跟斧头帮应该是井水不犯河水的呀，除非他们之间有什么纠葛。

"流金岁月"做的是地上的生意，跟黑帮怎么会有纠葛呢？听古刚这么一说，我猜测会不会跟K粉、摇头丸之类的见不得光的生意有关。

这毕竟是犯法的，所以我才不由自主地担心起来。

夜里我睡不着觉，都忘了是什么时候开始习惯失眠了。我翻身起来，看着现在我住的这个房间——有一百平米，布置却相当简陋。我实在没心思去布置，一想到自己总是会离开的就不愿意去花心思，原来我是个挺懒的人。只简单地放了两盆花。

想起在北京最开始还在彪胖子手底下干的时候，我和阿达、小刀三人挤着住一个只能放下两张床和一个书桌的公寓，现在的宽敞对我来说无疑是一种奢侈。陈总管安排我来的时候我差点吓晕过去，没想到我在上海居然可以住上这样的房子。

既然睡不着，于是我决定出去转转，那个时候是凌晨三点，我想古刚应该正在上班，于是给他打了个电话，古刚说：好，我来接你。

于是一会儿古刚就开车来了。开了一辆北京现代来。我向他提出了一个请求，我说：我想开会儿车行不？

古刚问：你有驾照吗？

我说：没，但是我会开。

古刚没有犹豫，直接下来，说：行，兄弟你来。

我上了车，看了看这些仪表，觉得生疏了。我学车那会儿是在重庆读那个电子信息专科学校的时候，一天到晚没事做，就跑去借一个哥们儿家里的车来开。那小子是个富家子弟，跟以前的市长公子夏顺寒是一个类型的，不同的是，此人比较坏，特别是男女关系方面。

有一次他把车借给我的时候，我发现车上有一个安全套，我赶快给他打电话说明情况，他在那头跟一个女人一边哼哼一边梦呓一样地跟我说：老大，你别大惊小怪的，昨天晚上战场打扫不彻底。

我懒得理会，把车拿出来开了一圈原样放回他车库，不料此事被他老爹发现，此人把罪过推到我身上。从此以后我再也没接触过此人。

很长时间没开车了，如果不是想到现在凌晨三点，街上人比较少，我还不敢开呢。于是我踩下离合器，慢慢抬起，不料此车动力不佳，刚启动就熄火了。古刚看着我，我很尴尬。

然后第二次启动，我松开离合器的时候猛踩一脚油门，车子发出长长的非常有力量感的声音。车开出去之后慢慢平稳下来，我开车是想让自己专注一点，这样我就不至于看见上海美丽璀璨的霓虹，也就不至于伤感。

古刚问：想去哪儿玩？

我说：不知道。

古刚说：玩两个婆娘怎么样？

我说：你还是带我去看东方明珠吧。

古刚神情古怪地看着我，说：半夜三更的出来看东方明珠？

我用力点了点头。

我开着车从南浦大桥过的时候，心里突然涌起一阵悲伤，为什么我半夜三更会睡不着，会想出来看东方明珠，而不是去玩两个婆娘？

现在我的对岸就是东方明珠了，我无法用言语来形容她的美丽，我突然很想放一束烟花，我对古刚说：大哥，你觉得是烟花好看还是霓虹好看。

古刚深吸了一口气，说：刚来上海的时候觉得上海的夜景非常漂亮，但是看久了我也就麻木了，霓虹对于我来说，跟路灯没什么区别。

我笑了笑,看着江水里各色霓虹的倒影,觉得非常之舒服,心里想:此刻的黎晶晶在哪里呢,在那个男人家里还是在学校?同在上海的霓虹下,三个月前我烂醉了一场。这三个月我勤勤恳恳地帮陈总管管理他的夜总会,没事情的时候和古刚切磋一下拳脚功夫。

我跟古刚谈了一下黎晶晶的事,事关名节,我隐去了姓名。

古刚说:嗨,每个人都有自己追求的生活。

我一愣,我追求的是什么呢?在上海我几乎忘了我的编导梦想,似乎陈总管给我的富足物质待遇让我心安下来,我只想着工作,没时间顾及理想,平平淡淡地过着日子。

我对我的遗忘感到了恐慌。

我赶忙给小刀打了个电话,问:我的剧本给罗大良了么?

小刀说给了给了,罗大哥已经找了几个文艺界的朋友来看你的剧本了,他们说下个月给你答复。

古刚笑着看我:你待在这里有什么不好?我说实话,我在刘总手下干了这么多年,没见一个人把"大上海"管理得这么井井有条的,以老弟的人才,刘总回来之后必定不会亏待你。

我说:有些事情我也说不清楚,刘总什么时候回来?

古刚说:快了,就这几天吧。

我一直没见过刘少君的面,突然对他这个上海的风云人物很感兴趣。上个月他在电话里听了陈总管的汇报之后,特别对我的业绩进行了表扬，给我加薪，现在我一个月工资是一万。

是不是人在物质非常饱暖的时候就不会思考那些不实际的理想问题呢？

还是人只有在物质非常饱暖的时候才有资格思考那些所谓的理想问题呢？

为了所谓理想，我退了学，理想却让我饱尝辛酸，让我一度无比窘迫和拮据。

那天去书店，读到一本畅销书，书名我忘了，里面有一句是这样说的：现在不流行玩理想了，现在都流行玩他妈钱，饭都吃不饱还理想个鸟，理想这玩意儿，不就是吃饱没事撑的吗？

是个反问。不就是吃饱没事撑的吗？

42. 业务能力

那天我和古刚很晚才回去，他买来几瓶酒，我和他就在这个地方对着东方明珠喝得小脑糊涂，我和古刚都觉得我们没法把车开回去了，于是就在这里待到天亮。

古刚已经三十多了，听说离过婚，老婆跟人跑去国外了，那男人挺有钱，他说他真想把那人打成残废，但那是个有钱人呀，人家扔出百二十万就能摆平了他。这个故事告诉我们……

我听了觉得跟黎晶晶的事情很相似，怪不得我跟古刚一见如故。唯一不同的是黎晶晶不是我老婆，她甚至什么都不是。

我们聊到天亮，这段时间的夜总会工作让我非常之习惯昼伏夜出的生活。天快亮的时候陈总管来了个电话说有一批红酒供应商咬着价钱不放，让我去搞定一下。

古刚和我这个时候基本上都清醒了，于是我们开车直接去陈总管说的那个供应商的公司。那家公司跟我们合作不是一天两天的事情了，"大上海"里面凡是价格标上千的酒都是从他们公司进货的。听陈总管说这两年"大上海"光靠这些酒就挣了好多钱，"大上海"肥了，他们供应酒的也肥了。现在他们有了新的合作商，就抬高了给"大上海"的价格，一瓶上好威士忌以前给我们价格是四百多，然后我们往"大上海"的柜台上一摆就可以标价一千四百元。现在他们咬着我们进价必须给一千，我们利润少了，加上"大上海"每次进货奇多，数量一多就意味着我们得多支付一大笔钱，陈总管算了一下，他这个季度把价格抬高，我们进货将会多支付许多大洋。

开始我想了一下，我们可以换个供应商，但是现在各个小的供应商都没有办法满足"大上海"这样一次性大规模进货的需求，现在"大上海"货源吃紧，没时间一个一个联系小的供应商了。

陈总管电话里特别关照说：刘总就要回来了，小周，你可得把这个事情办好，办不好你以前做得再好都没什么说服力，办好了刘总自然清楚你的能力了。

那个供应商公司的老板姓张，是个胖子，体形跟北京的彪胖子差不多。他跟我见过几次面，都是些小笔小笔的业务。我和古刚去找他的时候他正一本正经地开会，我们只好在门外会客厅等他。

他开会开到晚上七点，古刚等得都快疯了：不就是进口点烟酒吗？搞得跟国家领导人一样。装什么逼。

古刚在外面不停地抽烟,我不会抽烟,就光喝茶,那个接待员非常之恼火,估计是没见过喝了一整天茶还不走的客人。我心里想,你以为你公司是什么好地方啊,请老子来喝茶老子还不来呢。

晚上八点的时候,他终于散会下来,跑到会客厅,阴阳怪气地大声道:哎呀哎呀,实在不好意思,让你们久等了。

古刚赔笑着说:没有没有,我们刚来一会儿。

地上一堆烟蒂。

我心里嘀咕跟这胖子客气什么,于是学着他阴阳怪气的音调说:张老板您可真忙,可得注意休息,这会从早上开到了晚上吧?

张胖子愣了一下,又笑道:真不好意思,二位还没吃饭吧,来,这顿我请了。转身对接待员说:你马上去楼下食堂安排一下。

我笑着说:不,不,太麻烦了,张老板我们其实来也没什么大事,就是请您到希尔顿酒店共进晚餐,一直以来我们合作都很愉快,今天是专程来请您的。

张胖子明显脸上不好看了,开门见山地说:周老弟你可真是"大上海"的角色哟,咱去不起希尔顿那高档地方,你看有什么事情你直说吧,价格的事情我不会让步的。

古刚正要说话,我拦住他,对张胖子笑道:张哥您这就说笑了,您公司收支的都是洋人的票子,希尔顿这种三流酒店顶多给您洗洗脚,我可是把酒席都安排好了,您要不赏脸那可就太对不起兄弟了。

古刚上前热情地扶住张胖子,手上微微一使力,张胖子脸色马上变得非常顺从。

我们一行人开着车前往希尔顿大酒店,我们这边就我和古刚,他们那边来了一帮什么业务经理啊什么接待处主任啊。古刚开着车走前面,他们后面一辆奥迪A6,一辆霸道,气势上就把我们的北京现代比下去了。

这路上我开始想,我什么时候变得这么机灵了,还是变得奸诈了,估计是这几个月在"大上海"的日子让我接触到了许多不同的人,让我熟悉了一些人情世故。

我们坐下之后,张胖子把他那边的人向我一一引见,其中大部分人我都认识,这是饭前的程序。那天晚上我狠狠奢侈了一把,点了将近七千块钱的菜,这是陈总管给我预算的接待费。

古刚吓了一跳,我对古刚说:放心,张胖子一定会帮我们结账。

气氛并不甚好,张胖子那边的人都知道我是来谈价格的。饭桌上我绝口不提价格的事情,等一桌人都喝了几杯,气氛比较轻松的时候,我开始跟张胖子拉家常:张哥,听说我来之前,你们公司就和"大上海"合作很多年了是不?

张胖子说:对啊,都老朋友了。

我说:是呀,都老朋友了,可惜这合作做不长了,我真感到可惜。

张胖子冷笑着说：生意上的事情，有钱赚就有合作，没利益谁白干呢，兄弟你没什么好可惜的。

　　我说：我是替您感到可惜。

　　张胖子一干人笑了起来，说：你倒说说有什么可惜的，哈哈。

　　我拿出一张硬纸片，说：我迟早要离开上海回北京的，所以张哥您的价格问题我不想多伤脑细胞，反正又不是我出钱。我今天不是代表我们公司来的，今天纯粹是来感激张哥在我留在上海这段时间对我工作的支持。但是我可惜的是张哥您就要亏大钱了。

　　张胖子问：老弟你太客气了，我怎么要亏大钱了？

　　我一伸手，古刚递给我一支钢笔，我在纸上画了两个圈。指着第一个圈说：就张哥把这个季度给"大上海"的供应酒提价的事情，我们来看看你会有什么样的得失。

　　所有人都没有说话，我拿起笔在第一个圈里写下"五十万"，说：如果大上海按你要的高价拿了这批货，你能多赚五十万是不？

　　张胖子沉吟了一会儿说：估计还没有这个数。

　　跟陈总管算的一样。

　　我又指着另外一个圈，说：现在兄弟我站在您的角度看看您会损失些什么？

　　张胖子笑了，说：我能有什么损失，顶多你们不要我的酒，难道我的酒还没人要不成？

我说：张哥您说笑了，您的酒那是肯定有买主的，不过在上海这地方，能有"大上海"娱乐城这样大胃口的买主有几个呢？"大上海"难道还怕没人供应酒不成？再说了，众所周知我们两家合作一直很融洽，如果真的因为您单方提价让我们停止合作了，您公司在买主群中的诚信形象必定大减。您也知道，我们刘总在房产界也有一系列生意，他在上海名流中的影响力可不能小看，如果他关照您的酒，您想想，在上海上层社会里会给你带来多大的宣传效应，您要知道消费您那些高档酒的都是上层的富人，在上海失去这样一个财力靠山张哥您损失的岂只区区几十万！

张胖子呆了半响，说：这个，这个……

我说：没什么好犹豫的了，兄弟我是在为您着想，我又在上海待不长久，说句不好听的，"大上海"被您狠赚一笔，我还替张哥您高兴呢！

张胖子说：可是你这些不实际啊。

我一听，和古刚对望一眼，知道此人已经有些松口了。

我心下暗喜，说：这个好说，张哥您突然提价无非是因为前面几个季度我们进货量太少是不？可前面几个季度是淡季啊。

张胖子点头。

我说：这样，您再压低一点价格，给我们按以前合作的价格八折，今年剩下三个季度我们都按这次这么大的数量进货，如何？

张胖子将信将疑，眼下这个季度是娱乐城生意的旺季，各个娱乐城酒吧皆是如此，过了这个季度，往后生意就不会那么好了，对名酒的需求就相应少了。他问道：你可想清楚，后面三个季度加起来可都没有这个季度的生意火哟，我把话先说在前面，否则你说哥哥我欺负你。

我笑道：张哥您小瞧"大上海"的生意了。

其实我之所以敢这样开条件，是因为我知道"大上海"马上就要扩张，陈总管说的，刘总有意想把"大上海"搞成个像"流金岁月"那样的，由一个旗舰总店主管，下面在各地设分店。如果要在上海各个区设分店的话，即使淡季生意不如这个旺季，但是分店一多，需求就比现在一个"大上海"总店多得多，这些酒估计还不够用，拿到比原来还低的价格这样我们可就赚大了。

张胖子显然不敢相信我们淡季也订这么大数量的酒，他脸露喜色，问：你做得了主么？

我笑了，说：我说了我在上海待不长久，别的我做不了主，但是这个做得了主。

我拿出一份协议，给张胖子，上面已经有陈总管的签字。他呆了一呆，说：好家伙，原来是有备而来。

他把协议看完，想了半天，说：好！赚的是人情！

我叹了一口气，说：张哥您这样想就对了，这年头有钱大家赚吗。淡季我们都要互相拉一把才是，就像小弟我，现在穷得连这顿饭估计都要卖身来请张哥了，再不给刘总干出点业绩行吗?

张胖子点头称是,说:我正愁下个淡季找不到好的买主哩,老弟这可帮了我大忙了,这顿我请了,就当收了老弟这样一个好兄弟。

他爽快地签了协议,一式两份,递给我一份,我交给古刚收起来。

这下整个厅子里气氛活跃起来,我们开始互相敬酒。那群人喝高了就丑态百出,我起身去了一趟洗手间,给陈总管打了个电话,说事情搞定了顺带把"大上海"扩展之后分店的货源问题都解决了。

陈总管在电话那头差点把我夸奖上天。

我上完洗手间出来的时候,在镜子旁看了看自己的脸,有了些喜悦的红晕,觉得不一样了。

搞定这个事情之后,陈总管问我想要什么奖励,我说,我想放一次烟花。

陈总管很奇怪地看着我,说:放烟花?这又不是节日。

我说:我要你给我订做一个,用一百元的票子来给我卷成,估计就卷个三十来个我到外滩去放。

陈总管更惊讶了。

43. 重　逢

夜里我给杨晚儿打电话，问她想要什么，我给她买。

杨晚儿在那头笑着说：嘿嘿，算你还有良心，我什么都不要，我要你。

我心头一荡，不知道怎么回事就起了生理反应，我赶紧咬了咬牙把火压下去，说：你丫头说话当心一点，小心被人吃了。

杨晚儿说：笨蛋，别人看得到，吃不到。

我笑了，说：我不开玩笑，你说，你想要什么，我给你买。

杨晚儿说：我也不是开玩笑，我要你回北京来。

我心里想了半天，没弄清我和杨晚儿到底什么关系，但是我还是第一次感觉到这种冲动。

我说：那好，我过段时间就回来，我刚帮刘总办好一个业务，你真的什么都不想要？

杨晚儿笑道：你怎么这么热衷于给我买东西呀？那行，

比基尼的内衣给我买一套来。

我一听，耳根都热了，说：好。

挂了电话我躺下，突然想起那个在黎晶晶家差点越轨的晚上，再也没法入睡。

有的人说当一个男人对一个女人有了性冲动的时候，那个男人一定喜欢那个女人。我不赞同这句话，但是在上海的许多个晚上我都会梦见黎晶晶，我抱着她，吻她，正要发生越轨事件的时候，黎晶晶面容模糊，渐渐看不清楚，她的肌肤依然很滑很真实，再看她的时候怀中豁然竟是杨晚儿，杨晚儿一脸陶醉地软倒在我怀里。

我猛然惊醒，外面车辆过往的声音来来回回，让人很迷茫。

我坐在床上，等着天亮。陈总管来电话，说：刘总回来了，说要见见你，你来"九重天"，一起吃早茶。

"九重天"是家有名的早餐厅，我只听说过，却没去过，我问：在哪里呀？

陈总管说：你不知道的话我叫古刚来接你。

我说好。

一会儿，古刚就来接我了。路上我问古刚：刘总什么时候回来的？

古刚说：昨天下午，刘总一回来就接他女朋友去了。

我奇道：刘总还没结婚？

古刚说：结了啊，他老婆在温州。这边的是他女朋友。

我问：难怪能在温州待那么久，原来老婆在那里，不过有了老婆还能有女朋友？

古刚说：嗨！老婆是老婆，女朋友是情人。

我心里嘀咕，不就是包养二奶吗？我问：刘总快五十了吧，也不怕伤身体啊？

古刚说：刘总今年四十二，男人四十如虎你没听过这句话？

我心里突然对刘总产生了一些反感。

车到了"九重天"，我们坐电梯上了二十七楼，古刚带我来到一个包厢，环境很具法国风情。陈总管已经到了，一张圆桌最中央空了一个位置估计是给刘总的。圆桌围坐着十来个人，以陈总管为轴分开两边坐，一边穿着比较休闲，一边西装革履。古刚说穿得比较随便的是帮刘总管理娱乐场所生意的兄弟，穿得比较庄重的是管理房产的兄弟。

我想这大概是目前在上海最赚钱的两种生意了。

古刚又小声跟我说：嘿嘿你不知道吧，今天能来这里的都是刘总手下比较能干的，都是刘氏企业里面比较有地位的人。

我问：我也算有地位的人？

古刚笑着说：当然啦。

陈总管看见我们来了，站起来招呼我，两边生意上的兄弟起身跟我握手。陈总管让我和古刚先坐下，我们走了过去坐在最角落里。

刘总还没来，先坐下的干房产的兄弟开始讨论今天的工作日程，干夜总会的呢个个都睡眼惺忪。我问古刚为什么刘总还没来。

古刚一脸坏笑地说：都跟你说了昨天下午刘总一回来就接他女朋友去了，这晚上吗免不了要缠绵一夜，今天就起得晚了呀。

我心想，一个在上海如此有势的人怎么会这么没有时间观念，古刚一定是在乱说。

陈总管听到古刚的话，转头对我说：小周别听他胡说，刘总一定是有事情耽搁了。

我点点头，问：刘总的女朋友漂亮吗？

陈总管说：还行，特别年轻。

我说：这个自然。

陈总管补充一句：刘总今天要带她来一起喝早茶。

我说：哦。

刘总来的时候我感觉此人非常面熟，好像在哪里见过，一时没想起来。四十出头的男人，大概是早年创业艰辛的原因，他的面容显出了不少沧桑，皱纹和白发超出了他本身的年纪。

但是人很有精神，不然怎么招架得住年轻的女人呢？

刘少君来的时候全场起立欢迎，他挥手示意我们坐下，然后说：我来介绍一下我的女朋友。

他说这话的时候我看到他的笑纹挤在了一处，有些恶心，我对老牛吃嫩草一直都比较反感。

他说完之后，做出一个非常绅士的欢迎动作，我们一起开始鼓掌，门外走进来一个年轻女子。

黎晶晶。

是黎晶晶！

居然是黎晶晶！

咣当一声，我不小心将桌上茶杯碰落地，摔个粉碎。黎晶晶看着我，有些惊讶，马上又将眼光移开，装作不认识我。

刘少君看着我，问：你是罗大良介绍来的周子丹小兄弟？不错，我听老陈说了，你是个人才。

我没理他，只是盯着黎晶晶看。黎晶晶不敢跟我对视，顿时两人都无比尴尬。

刘少君坐了下来，黎晶晶坐在他旁边，我不知道整个早茶宴我是怎么熬过来的，我捏紧了拳头，脑子里一片空白，一直盯着黎晶晶。陈总管跟我说话，我没听见，古刚跟我说话，我也没听见，刘少君这个王八蛋跟我说话，我还是没听见，古刚发现不对劲，用胳膊肘碰了碰我，我只是点了点头。

古刚马上帮我答话说：刘总，子丹兄弟这两天有病，精神状态不好。

我突然站起来，大声喝道：你他妈才有病呢！

黎晶晶手抖了一下，碰翻了茶杯，茶洒出来，刘少君那个王八蛋像关心自己八十老母一样，立马用手去帮她擦桌子，殷勤无比。

陈总管马上打圆场说：子丹兄弟这段时间为了"大上海"

的事情太操劳了，要不让他先回去休息。

刘少君点头，口中嗯了一声，脸色明显不悦。

陈总管说：古刚，你送他回去。

我没说话，和古刚一起走出去，开门的时候我转头看了一眼黎晶晶，她正低头看着桌布，没有抬头。我们下去的时候电梯里就我和古刚两个人，电梯很慢，给了我充分的时间思考为什么刚才我会那样失态，我抬头看了看电梯顶上的日光灯，有眩晕的感觉。

原来黎晶晶的那个老男人是刘少君，原来刘少君的女人是黎晶晶，原来刘少君是有老婆的，原来刘少君是他妈的有钱人。

走出"九重天"，古刚开口说：操，你怎么了？

我咬了咬牙，说：没事，你今晚带我去玩两个婆娘。

44. 受 困

这个地方待不下去了,至少我无法面对刘少君,他和黎晶晶是真的相爱吗?古刚说得对,每个人都有自己追求的生活,我们没有权利干涉。

我唯一无法接受的是,那天我在黎晶晶学校门口,看到那个在黎晶晶身上大肆抚摩的老男人现在是我的老板,刘少君。那个我曾经抚摩过的躯体现在每天晚上在那个老王八的床上或者在他的高档轿车上。

在我的纯真时代,爱恋的李茉成了我兄弟肖翼的女人,黎晶晶现在也成了别人的,其实黎晶晶根本就没有属于过我,或许只是我一厢情愿,我还有爱吗?我找不到答案。

我突然发现我是如此的卑微。

我给陈总管打电话,说我想要回北京了。

陈总管挽留了几句。

我说:罗大良那边缺个帮手我要赶着回去。

陈总管说：小周，你如果决定非走不可我们也不强人所难，但是你起码要把这个月做完，我们下个月才好换人接"大上海"的班呀。

我看了看日历，今天已经二十一号了，我说好，那我下个月再回去，陈哥你赶快安排吧。

剩下这几天，我根本不打算好好工作了，我每天去"大上海"看一看，就赶紧离开，回我的宿舍里写剧本去。这毕竟才是我要的生活。刘少君有什么事情找我都找了一大堆借口推掉。

有一天我跟小刀通电话告诉他黎晶晶的事情，小刀很是诧异，最后安慰我说：你也别多想了，就你那人才还怕没女人，你赶快回来，杨晚儿那死丫头想你想得快疯了。

我说：怎么，你跟她现在很熟？

小刀说：岂止是熟啊，简直一见如故、相逢恨晚，我已经认了她当我妹子。

我说：啊？那你岂不是占人家个特大便宜？

小刀说：是她占了我个便宜吧？我这么英明神武。

我笑道：是是是，我这就回来，我下个月回来，你可要把北京的地扫干净迎接我。

小刀跟我闲聊一阵之后，突然提起说：以前跟你关系比较好那个，叫什么名字的，听说在北京被抓了。

我一惊，问：肖翼？

小刀说：不是，肖翼我能不认识吗？不是他，你以前提起过的,是个什么才子哟。

我更惊:夏顺寒?

小刀点头说:对对,就他。

我想起不久前肖翼跟我打电话说夏顺寒现在没有工作了,成天跟一群社会上的无业青年混一起,糟糕的是李茉还跟夏顺寒这帮人混在一起,肖翼怎么劝也劝不听,但最糟糕的是这群无业青年中有好几个是抽白粉的,这样下去夏顺寒和李茉迟早要出事。

小刀这样提起,我心里已经猜得八九不离十,问:夏顺寒怎么了?

小刀说:那天听来夜总会的几个警察朋友说起,我一打听,原来他贩卖摇头丸和K粉,自己也吸毒,性质相当恶劣,跑到北京来听说是想来看看故宫,谁知毒瘾发作了,差点死掉,被人送去医院,随后报告了警察局戒毒所什么的,对他强制戒毒,审讯的时候他主动交代了他们贩毒组织里的成员,警察机关破获了一个大案,这人还算有点觉悟。

虽然我早有猜测,但是听小刀说起仍然是震惊非常,我问:他的市长老爸呢?

小刀叹了口气,说:嗨,他老爸那市长到了北京算个鸟,顶多就是使点钱财,通点关系,这小子又有主动交代立功情节,量刑上考虑考虑吧。

挂了电话,我想起初中的时候我和夏顺寒一起在文学社,想起那天晚上和他一起喝酒然后我被开除出了那所满载我纯真记忆的初中。夏顺寒说过他的理想是做郭沫若第二,但后来因为数学太差,自知高考无望,没有上大学,而是由他老爹安排到一个政府机构工作,他并不喜欢,过得很压抑。

到底是什么原因让他开始堕落,我不知道,但是我知道他一直坚守着自己的理想,他爱着历史和文学,所以他来北京看故宫,如果他不来北京,他就不会被抓到,这对于他到底是好事还是坏事呢?

兜兜转转了一圈,理想,最后还是困住了他。

我琢磨着自己要走了,应该请古刚吃顿饭,毕竟在上海人家把我当亲兄弟一样。那天我和古刚喝得很醉,我们没有谈女人,只是讨论拳脚功夫,古刚说了一句:兄弟你要是去拍电影呀,李连杰都得他妈的靠边站。

我说是呀是呀,然后想起我那遥遥无期的剧本,有点茫然。

那天晚上我和古刚喝了六瓶酒,白酒,五十二度的,酒劲儿上来了就跑到那家餐厅门口练了两招,古刚是个高手,他的拳脚跟他性格一样,非常刚猛。那家餐厅当天晚上生意特别好,估计是我和古刚在外面对练,吸引了来往人群的眼球,我们起的作用就跟麦当劳门口的老爷爷塑像一样。

来这餐厅消费的人们一定觉得:这家餐厅用这种方式来招揽顾客,很新颖,这家餐厅的菜一定不简单。

我和古刚酒足饭饱后离开了那家餐厅,又提了一瓶酒坐在天桥下面吹风,旁边有一些流浪汉和乞丐横七竖八地或倒或坐。

古刚把那瓶酒打开,说:嘿嘿,你现在还是我们"大上海"的经理助理,让别人在天桥下看见了一定不相信。

我醉意朦胧地说:我才不稀罕刘少君那王八蛋的大上海。

古刚说:诶,你可对刘总客气点。

我说:客气什么,他妈的,抢我的女人。

古刚一惊:什么叫抢你女人。

我说:就那天他带来那个女的,就是我之前给你讲过的那个。

古刚一下子全明白了,说:兄弟,我们什么都别说了,把这瓶酒喝了。

过了一会儿,陈总管来电话说:小周我听说你今天没去"大上海",你这工作态度要给刘总知道了那就不大好了。

这个时候我已经醉得不清醒了,就答他:哦,我马上来。

我和古刚歪歪斜斜走到"大上海",我一进门就看见角落里那帮来这里交租卖摇头丸的小子。

我突然有了错觉,觉得夏顺寒仿佛坐在那群人中间。

我走过去,搭着一个黄毛的肩膀问:兄弟今天生意怎么样啊?

那黄毛见了是我,说:哟,周经理,生意好坏还不全靠您老人家关照嘛。

我说:少跟我贫,老子今年才二十一,别他妈把我喊老了。我问你们,你们一天能赚多少钱?

那黄毛不说话,旁边一个穿黑风衣脸上有刀疤的人走过来，说：周经理，您就别跟兄弟们开玩笑了，我们一天卖点货给你们交了场地费就只够喝两口茶水了。

我笑了一声，说：这样，你们都是做大事的人，不在乎两口茶水的买卖，今天就把货给我吧，我来帮你们清理了。

那一干混混吓了一跳，古刚拉了拉我，小声说：别闹事。

我甩开古刚，又对那刀疤脸说：这样，要么交货，要么走人，你自己看着办。

那刀疤脸笑着说：周经理，您老喝高了，我们是过路小鬼，不敢跟您老拧，要不——

我啪的一掌扇过去，打得他满地找牙，我喝道：妈了个逼的，谁说我喝高了，谁说我老了？

不知道怎么回事我喝了酒之后对"老"这个字非常敏感，估计是因为刘少君那老王八蛋。

那群混混一看老大挨打，马上围了上来，最先上来的是离得最近的黄毛。他喊了一声：狗日的，想黑吃黑。

他可就错了，我对那些东西没兴趣，我只是想揍他们一顿。我一脚把他踹出去老远。围上来的有六七个人，我和他们扭打在一起。

"大上海"场面混乱，客人吓跑了，生意也做不了了。

古刚马上酒醒了，意识到问题的严重性，生怕我喝了酒不分轻重打出人命，赶快来拉我。他尚未施救及时，我已经把那几个混混全扔了出去。

因为打架，场子被砸烂不少东西。

古刚吼道：都跟你说了别闹事，别闹事，你看你怎么跟刘总交代。

我大声道：操！我他妈就是看不惯这群贩毒的！我做的事情我自己负责。

后面有人咳嗽一声，说：你打算怎么负责？

是刘少君的声音，旁边站着陈总管和黎晶晶。黎晶晶校服都没换，显然是刘少君刚开车去学校接她出来，路上听说"大上海"里闹事了，就直接赶过来了。

我不知道怎么回事，见到刘少君顿时心里就涌上来一股热血，脑子里全是他和黎晶晶性爱的画面。

又想起很久以前和黎晶晶的事情，一起合唱《爱的代价》，为了她有生以来第一次跟人打架，我手受伤期间她帮我打饭，在天台听她唱《如果云知道》，一起去参加艺术招生考试，一起落榜，毕业后的夏天差点发生了关系，分开后每个周六给她打电话，再然后就是熬过上海火车站的寒冷黑夜想要给她一个惊喜，可是我在那个早晨看到的是她和刘少君抱在一起。

我再也忍受不住，酒劲上来冲昏了头脑，向刘少君扑了过去。刘少君等人一惊。从陈总管背后跑出来六个保镖长相的人，把我截下。

古刚正要上来帮忙，被陈总管喝止。

这六人拳脚功夫一般，如果一对一我肯定不会挨打，但是现在是一对六，我招架不住，被其中一人一拳打中胸口，差点吐血。我顺势抓住此人手腕,施展关节擒拿技,咔的将他手腕折断,他大叫着退开,其余五人见我下了狠手,拳脚也不客气,都朝我要害招呼。

周旋了一会儿,我酒劲散了,全身虚脱,再也提不起力气来,被后面一人抱住双腿放翻在地。六个人围上来踢踢踩踩,痛得我死去活来。刘少君不叫停手,看着我被围殴。上次喝早茶,估计他已经猜测到了什么。

就在我被踢打的时候我喊着黎晶晶的名字,我挨一脚,就喊一声黎晶晶;有人用板凳砸我,我也喊黎晶晶;有人用力踩我,我也喊黎晶晶,刘少君没有喊停手,黎晶晶掩面哭泣。

古刚再也按捺不住,冲上前来,拉开那六人。那六人见是古刚,倒也不敢反抗。

古刚用力地踢我,不停地踢,嘴里一直不停地喊:叫你别闹事!叫你别闹事!叫你他妈的别闹事!

说实话,他的腿脚比那六人重得多,我仍然喊着黎晶晶。我只有一个意识了,就是喊黎晶晶的名字,不然的话我一定腾出一口气来把古刚的祖宗十八代给骂一遍。

黎晶晶终于喊出了声:不要打了,不要打了。

刘少君做了个手势,古刚这才停手。

接下来发生的事情让我无法预料,黎晶晶哭着歇斯底里地喊:周子丹!你饶了我吧!我求你了!算我欠了你的,我求你饶了我吧!别再来干扰我的生活!

刘少君微微笑了,很绅士地笑。

我呆在原地，脑子里一片空白，我说：好，好，我不来打扰你的生活了。

陈总管喊了声：古刚把他拖出去。

古刚提着我的衣领，像拖一堆垃圾一样把我拖了出去，他把我拖出大门的时候我已经泪流满面。

我咬着牙说：放了我，我自己能走。

古刚松开了手，他说：没伤着吧？让大哥陪你走走吧。

我面无表情地说：没伤着，我们还去天桥下喝酒去。

起身拍拍身上的灰土，解开外衣，披在肩上，腿还有点痛，一瘸一拐地走。我知道，古刚拉开那六个人自己来踢我完全是为了救我，只有他来踢，才不会踢我的要害，不会踢到容易受伤的部位，他力道的掌握足以以假乱真。如果不是古刚，我现在已经在医院了。

45. 如果云知道

我回到自己房间，开始收拾东西，古刚跑去帮我买第二天回北京的火车票。我一刻也不想多待。

但是我在上海的噩梦没有因为我的决定离开而结束，人家都说女人是祸水，我算真的理解到这句话了。就在我收拾好东西，等着古刚给我打电话的时候，门铃响了。

进来两个警察，他们对我说有人举报我在大上海里组织贩卖摇头丸。我看着那两个警察，心里想夏顺寒被抓的时候是不是也是这样的，小时候妈妈常常吓我说不听话，警察就来抓我了。我现在没搞清楚我什么时候不听话了，为什么会招来这两个警察。我昨天不还痛揍那群卖摇头丸的飞仔么，今天怎么我就成了组织者？

其中一个警察说：我们今天只是来了解情况，你别紧张，有什么说什么，如果你是清白的，党和人民会弄清楚的。

我心里想：我们伟大的党和人民可以弄清楚，可是你们弄不清楚这个问题麻烦就大了。

我问：我可以保持沉默不？

两个警察摇头，说：这是中国，不流行沉默权。

提起沉默这两个字，我记得前段时间电视里放了两部比较受欢迎的连续剧，名字相当针锋相对。我楼上那两口子爱吵架，听说是因为丈夫喜欢吃莫名其妙的醋。有一天，两口子打了起来，一个花瓶从窗户口飞下来，恰恰飞进我的阳台，我吓了一跳，估计一场家庭暴力就要上演，赶紧上楼去欣赏。

果然看见那妻子红了半边脸，哭闹着说：为什么，为什么要打我？

那丈夫吼了一声：不要和陌生人说话！

那妻子一听，觉得这个理由实在匪夷所思，简直无法接受，站了起来，跟丈夫扭打起来。

那丈夫又吼：你敢反抗？

妻子啪的给了丈夫一个耳光，说：女人不再沉默！

《女人不再沉默》是反映性骚扰的片子，《不要和陌生人说话》是反映家庭暴力的片子，那段时间这两部片子热播，我对它们很感兴趣是因为觉得这些东西都是反映社会生活中很真实的东西，这样的剧本才能让人产生共鸣。

说远了。我竟能在可怕的警察叔叔面前思维幽默发散而不畏惧，我都为我自己自豪。

我问警察：是谁举报的？

警察说：这个不能告诉你，我们要保护举报人。

我说：我昨天还把在"大上海"卖摇头丸的家伙轰出去呢，我怎么会去组织卖这玩意儿。

警察说：昨天？别人就是举报说你们还发生了纠纷把他们扔了出去，是不是分赃不均造成的？

我笑道：绝对不是，我是清白的，如果是分赃不均我为什么要扔他们出去，而不是把他们揍一顿然后威逼他们把钱交出来呢？

警察说：有人可以证明吗？

我说：有，你等着。

我马上给古刚打电话，古刚一听，马上飞车过来，他边开车，边给我打电话说：兄弟你放心，我马上联系刘总，让他摆平这个事情。

我一听，说：得了，现在我跟他没关系。

古刚说：你他妈清醒点，现在这个事情很严重，你跟刘总没关系，"大上海"跟我们有关系，你知道不？

我被训得哑口无言。

这个事情是这样的，那天晚上那个黄毛，就是跑"大上海"卖摇头丸后来被我踹了一脚的家伙，第二天走了厄运，被警察机关查到了，然后要他交代毒品的来龙去脉，此人就栽了我一把。至于为什么这样的人说的话能轻易让警察机关相信，我估计是因为"大上海"实在太有钱了，不抓紧这个机会踩它一脚怎么行？

古刚到了这里之后，给刘总打电话，谁知刘少君那老王八说我已经跟"大上海"没关系,警察机关要怎么办就怎么办吧。

我当时感觉好像自己把脸伸给别人扇了一耳光,无比火辣。那两个警察估计意识到我现在跟"大上海"没关系,罚了我也只是小打小闹,脸色都非常不好。通常他们这些穿制服的脸色一不好就意味着有人要遭殃。

我就想,我是不是会被抓进监狱,然后被带上法庭接受审判,两个解放军叔叔站在我后面,就像押夏顺寒一样押着我。我站在被告席上看着法官和两个陪审员,觉得我这辈子完了,就是判个无罪出去了,外面人也会说我不清白的,不然怎么会被押上法庭?

我说:我只是在"大上海"打工的,我真的不知道那里边贩毒是怎么一回事情。

那两个警察说:要不,你跟我们去派出所协助一下调查。

我琢磨着自己明天回不了北京了,正准备给小刀打电话说不用扫干净首都的地面接我的时候,其中一个警察的电话响了,哼唧哼唧半天,就撤了。

我和古刚还没搞清楚这是怎么回事,我手机响了,电话号码挺熟悉,就是没来电显示,是被我删了的黎晶晶的号码。

我接起来,她说:那两个警察走了是不?

我说:你怎么知道?

她说:那就好。

我又问:为什么还来关心我?

黎晶晶笑着说：我让少君给警察局长打的电话，我欠你的，这回还你了。

我听她叫少君，心里一酸，问：你真的没有喜欢过我？

黎晶晶电话那头沉默了好久，说：问这个有意义吗？你还记得那个夜晚吗？你脱光了我，又弃我而去。在那个时候，我对自己说，我绝对不会选择你。

那个意乱情迷的晚上，我有一百个理由不可以和她越轨，可是她却只有一个理由不选择我，那就是我让她情何以堪！

我突然有了天旋地转的感觉，她冷冷地问：你还有什么话要说？

我说：你是真的爱刘少君？他是有家室的！

黎晶晶一字一顿地说：没关系，我爱他，因为不管发生什么，他都会在我身边，他能给我幸福。

我笑了，人家都说看见自己所爱的人找到幸福是一件快乐的事情，所以我觉得我应该笑，然后我笑着对她说：好，我祝福你们。我真的要从你的世界里面消失了，你再唱一遍《如果云知道》给我听，好吗？

黎晶晶冷笑了一声，说：脑抽筋。挂了电话。

电话里只有嘟嘟嘟的声音。

爱一旦结冰一切都好平静
泪水它一旦流尽只剩决心
放逐自己在黑夜的边境

任由黎明一步一步向我逼近
想你的心化成灰烬
真的有点累了没什么力气
有太多太多回忆哽住呼吸
爱你的心我无处投递
如果可以飞檐走壁找到你
爱的委屈不必澄清
只要你将我抱紧
如果云知道
想你的夜慢慢熬
每个思念过一秒每次呼喊过一秒
只觉得生命不停燃烧
如果云知道
逃不开纠缠的牢
每当心痛过一秒每回哭醒过一秒
只剩下心在乞讨你不会知道
真的有点累了没什么力气
有太多太多回忆哽住呼吸
爱你的心我无处投递
如果可以飞檐走壁找到你
爱的委屈不必澄清
只要你将我抱紧
如果云知道

想你的夜慢慢熬

每个思念过一秒每次呼喊过一秒

只觉得生命不停燃烧

如果云知道

逃不开纠缠的牢

每当心痛过一秒每回哭醒过一秒

只剩下心在乞讨你不会知道

46. 十一姐

我回到北京的时候,已经是晚上了,霓虹灯依旧熟悉,感觉很温暖。

小刀和阿达来接我,杨晚儿站在他们中间,显得特别娇小,我心想,这可真是个小姑娘。我下车的时候杨晚儿给了我一个拥抱,说:你回来了,你说话要算数哟!

小刀在一旁偷笑,这丫头在我走的时候说了一句比较震撼人的话,她说她等我回来,她不想当我老婆,只是想当我情人。

我问:我连老婆都没有,现在哪里来情人呢?

杨晚儿说这个好办,尽快找一个就是了。

回到宿舍之后,阿达和小刀已经收拾好了屋子,虽然还是掩盖不了一股浓烈的汗味,但是我看见他们居然叠了被子,足见他们是精心布置了一番的。

晚上我们安排好一起去见罗大良,我真不知道该怎么见他才好，人家好意介绍我投奔刘少君，我还给他闹事。小刀告诉我，罗大良这段时间帮我联系剧本的事情，很是辛苦。我心里更加过意不去。

晚上去见过罗大良，他对这个事情没说什么，反而安慰我看开点。我感动得一塌糊涂。我又问起他跟斧头帮的事情，罗大良说已经没事了。具体是怎么解决的我也不方便多问。

罗大良放了我一晚上假，让小刀和杨晚儿陪我到处转转。我向罗大良借了一辆车，然后跟小刀杨晚儿一起开着车转北京的霓虹。

上车后我发现车上放了一本书，书名叫《人格分裂的几重梦境》，作者是个英国人，我就问：这么玄乎的书是谁的？

小刀嘿嘿直笑，说是他的。

好你个小刀，竟然装起文化人了，你不会是想考状元吧？我忽然想起，似乎好长一段时间，赵小刀对人格分裂这个话题颇感兴趣。

小刀跟我说：我今天带你去见一个人。

我问：谁？

小刀说：十一姐！

我笑着说：怎么突然联系上她老人家了？

小刀说：那个三里屯的斧头帮找罗大良的麻烦，结果罗大良找来个黑道上比较罩得住的来调停，没想到这人居然是十一姐！这家伙来北京没几年已经变得特跩了。

我真不敢相信，虽然十一姐以前就有大姐头的天赋，但是在北京可以混得如此风生水起，实在很厉害。

小刀说：那天她一见到我，那个激动啊，简直像见到了失散多年的亲人一样。

我说：就你那样，还失散多年呢。

小刀说：呸，她见了我，立马跟遭了电击一样，然后扑过来把我抱得死死的，真让我受宠若惊，我当时还以为是被非礼了呢。

我更惊，觉得就小刀那模样要想让人非礼，那人一定是冒着生命危险的。我想起以前我还有个想法要撮合小刀和十一姐呢，但是后来不知道怎么着，这个想法最终没有实行。

十一姐当年对我还不错，特别是我跟黎晶晶还暧昧的时候。前面说了那会儿我们学校实行他妈的反早恋白色恐怖，平时我和黎晶晶都走得特远，十一姐委实帮了我不少忙，比如帮我给黎晶晶递个什么纸条啦，帮我送感冒药上女生宿舍楼给黎晶晶啦。用她的话来说，她就是天生当姐姐的样，非得要收小弟，收了小弟就要对小弟好，不然人家说她没义气。

于是我就成了她的小弟。

她经常把我和小刀拿出来炫耀，说她弟弟是把李宗圣打成残废的英雄。

那会儿她逢人就吹，跟祥林嫂一样。吹到最后我们都成了阿毛了。

有天我们和小刀、十一姐走在学校，后面有人叫我们：诶，大毛、二毛！老师叫你们去办公室呢！

我实在不好意思了,她说:怕什么,李宗圣那家伙骗了那么多女生上床,你收拾了他是他罪有应得,换了是我有那么好身手一定当场阉了他。

由此可见十一姐当时就有黑道当家的潜质。

但是在当时我无法预见此女可以成为三里屯呼风唤雨的人物。

我和小刀开车到了三里屯一家酒吧,见到十一姐正在外面训斥一个黄毛,言辞泼辣,那男的被骂得大气都不敢出。我在车上见她还以为是一个女劫匪呢。她见我们下车来,无比激动,喊着:周子丹!

我为了配合一下她,也眼泪汪汪地喊:十一姐!

然后她冲过来,就跟白娘子和许仙在断桥相会一样,给了我一个拥抱。我眼泪就掉了下来。

事后小刀问我为什么那么投入感情,我说我想起高中的时候了。

此时的十一姐,烫了个狮子一样的头型,化了淡妆,红眼线,美宝莲的透明水晶唇膏,外面套了一件皮大衣,里面是紧身的羊绒,身材曲线玲珑,给人感觉非常之时尚潮流,简直成了一尤物。

十一姐能在北京黑道站住一席之地,究竟是什么原因呢?用她的话来说,就是:靠小弟,讲义气。

我终于明白为什么此女见了小刀和我会如此高兴激动,原来她的两个比较厉害的小弟来了,这样她就可以在马路上横着走路了!

她说：我可以做螃蟹了，我来北京这么久，受尽了压迫，我容易么我，你们终于追随我来了，我终于可以翻身了。

我想起刚才她在门口训斥黄毛的时候，我简直想象不出来什么叫她受尽压迫，十一姐不压迫别人就是万幸了。

47. 退　稿

十一姐说起自己来北京一直没办法和我们联系上，谁知我和小刀就在罗大良手下，这是多么的有缘啊！

然后十一姐问：你和黎晶晶怎么样了？

我一愣，没想到她会突然这样问，我拉起旁边杨晚儿的手，说：这不，你看，我有女朋友了。

十一姐笑道：好你小子，居然负心薄幸。

杨晚儿先是一惊，然后脸上有了春光般的笑容。十一姐看了看杨晚儿，说：你小子一来怎么不给我介绍啊？

我摸着头说：哎哟，刚见到大姐的时候太激动了，就给忘了，我来介绍一下，这位是杨晚儿，在罗大良那边工作。这位是十一姐，你也叫声姐姐。

杨晚儿应了一声，过来甜甜地叫了一声：姐姐。

十一姐面色喜悦，说：妈的，你小子的个人问题终于解决了。

连我自己也没想到我和杨晚儿会是在这种情况开始的，这是我第一次正式地谈恋爱，我试图将这种开始放在一个比较浪漫的地方，比如江边海岸什么的，站在跳板上，我抱着心上人，然后问她：愿意做我女朋友吗？远处涛声阵阵，她满脸羞涩地对我说愿意。

不料，我们是在这个比较龌龊的鸭店里开始的，而且开始得如此之草率。我的第一次正儿八经的爱情啊，就在一瞬间的冲动下开始了。

那会儿刀郎唱了一首《冲动的惩罚》，歌词我不大清楚，第一次听是在一家小音像店里，喇叭里放：大爷我喝醉了拉着你的手。

我一惊，觉得此人一定是个人才，喝醉了拉着别人的手还充大爷。

结果后来才知道是这样的：那夜我喝醉了拉着你的手。

这首歌告诉我们冲动一定要受惩罚的，所以我们在告别十一姐回去的路上，杨晚儿这小丫头就耍赖了，叫我不能反悔。

接下来让我感触很深的事情发生了，罗大良有一天来电话说他一个文艺界的朋友想找我谈谈，关于我的剧本的事情。

我喜出望外，跟罗大良去了一家"清福来"茶坊。

那个朋友姓曾，单名一个奇字，四十来岁。听说是北京影视圈很有地位的编剧，不过他的剧本改编的电影我并没看过。这位曾老师这样跟我说：老了啊，多给年轻人些机会啊，所以我就淡出了剧本创作，没事就推荐推荐年轻人的剧本给导演。

我一听这话,对此人崇拜不已。

那天喝茶没喝多久,这人留下了电话号码等等,然后罗大良说了半天客套话,我一个劲儿卑躬屈膝地说:老师多多关照啊。

我当时觉得我真他妈没骨气。

后来这个事情是这样发展的,曾姓老师看了我的剧本之后,给我来了电话,语重心长地说:剧本不成熟,年轻人还需要好好改。

我一听,觉得谦虚求学还是很必要的,于是说:好的,曾老师你多多指点。

他在电话那头说:这样,我改好了之后给你看,我们再讨论下推荐给哪个导演。

我更欣喜。

几天之后我和他二人又在那间茶坊见面,我拿着他修改过的剧本,封面上多了一个名字,上面写着:作者,曾奇。

我心里非常之别扭,他看出我的脸色,说:我改动比较大,所以加了自己的名字,小周你不会介意吧?

我没理他,翻开了剧本。剧本吓了我一跳,里面基本上每篇都改动了标点符号,比如某人说后面我原本加的冒号,现在每个冒号后面加了一对引号,又比如国家早就统一了的"的地得",此人不厌其烦地从头帮我替换到尾。

对于此人的毅力,我真的佩服。但是除此之外我没见其他文字部分改了什么,因此我实在不懂他的所谓改动很大云云。

我问：就改动了这些？

他说：是啊，年轻人不要太心急，不要想着太早出名。

我一呆，明白他什么意思了，我问：这个剧本加了老师您的名字，准备往哪个导演那里推荐呢？

曾奇慢条斯理地说：唉，你太年轻，这还不懂？

我说：我真不懂。

他笑了一下，说：但凡刚出道的女演员想演个主角什么的，都要先和导演单独交流交流，编剧也是一样嘛。

我早听说现在哪个刚出道的女演员想上镜，都跟导演有潜规则，上床上镜听说是一个道理，上床满意了，才可以上镜。

我问：您的意思是我这样的年轻人要想出头，这剧本就得先让给您这样的前辈是不？

他眼里露出一丝奸诈的光，说：嗯，孺子可教也。

我突然无比恶心，如果说导演和女演员的性交易是出卖肉体，我这又是出卖了什么呢？

我站起身来，说：原来贵圈真是这样的，以前我还不相信！我他妈真长见识了！

曾奇不愧是老江湖了，不动声色地说：年轻人机会多的是，何必呢？

我冷笑道：您老不是说要让机会给年轻人吗？

他说：是呀，我这几天不正在给你筹备推荐的事吗？那个冯小刚你知道吧，就是拍《天下无贼》的那个导演，我正打算让他来看你的剧本呢。

我说：扯淡吧你，什么叫看我的剧本？是看你的剧本吧！

曾奇说：我改动如此之大，难道我白干了？

我一听此话，差点晕过去，我笑着跟他说：我服了您老了，这么说，要是您老辛辛苦苦跟你老婆生了个儿子，我非要说这孩子有我的功劳，你怎么想？

曾奇涨红了脸说：你！你！

我说：我什么我，这剧本别搞了，你要乱来咱们法庭上见。

说完我转身走了。肚子里火得一整天没吃下东西。

这个事情让我无比郁闷，那天去十一姐的店子，跟她说起。忘了交代，以前我遇到什么不开心的事情都是找这十一姐倾诉的，以前有个故事是说一个理发匠去帮国王理发，国王长了兔子耳朵，不愿让人知道，理发匠不能把这个事情说出去，否则的话就要被杀掉。理发匠把这个秘密藏在心里，有一天实在忍不住了，于是跑到山上挖了一个坑，对着坑把这个秘密说了出来，然后他就好过了。

这个故事告诉我们心里有什么不高兴的一定要去找个坑，十一姐就是那个坑。用她的话说是：我容易么我，你都坑了我这么多年了，你还不放过我！

我说怎么叫我坑你，谁让你要当大姐的？

我把整件事情跟十一姐说了。十一姐顿时大发雷霆，把那个家伙祖宗十八代都骂了一遍。不知道为什么听着她的骂声，感觉无比亲切，不管发生什么事这个大姐头总是站在我这边的，不管我是对是错。

48. 夜　游

　　第二天我叫上杨晚儿，借了一辆车，去朝阳区看看我和黎晶晶曾经一同报考过而又一起落榜的北京影视学院。来北京时间不短了，一直没有勇气去看，直到那天曾奇的一系列言语之后，我突然意识到我心目中的理想未必那么神圣。

　　虽然大失所望，但是却让我涌起一股强烈的想去看看那所学校的念头，我和黎晶晶没有一起走进这所学校大门，今天我和杨晚儿去看看，那也是好的。

　　那天我在车里面，看着校门口进进出出的学生，脸上都有些青涩。我想起一直以来的莫大遗憾，悲伤莫名，我遗憾的到底是这所影视学校，还是黎晶晶，我搞不清楚，或许两者都有，或许两者都没有，或许后者多一些，或许遗憾原来只是错觉。

　　杨晚儿问我：看到了，感觉如何呀？

　　我说：跟一般大学没什么区别，校门太老旧，还没有我在重庆读的那所电子专科学校校门好看。

杨晚儿笑着说：那就好。

我点头笑了笑。

她问：你现在最想做什么？

我想了一下，说：我真想回头好好读书，不要像现在这个样子。

杨晚儿没说话。车里的电台在放张国荣的歌，《当爱已成往事》。

往事不要再提

人生已多风雨

纵然记忆抹不去

爱与恨都还在心底

真的要断了过去

让明天好好继续

你就不要再苦苦追问我的消息

爱情它是个难题

让人目眩神迷

忘了痛或许可以

忘了你却太不容易

你不曾真的离去

你始终在我心里

我对你仍有爱意我对自己无能为力

因为我仍有梦依然将你放在我心中

总是容易被往事打动总是为了你心痛

别留恋岁月中我无意的柔情万种

不要问我是否再相逢

不要管我是否言不由衷

这首歌放完之后，我眼泪流了出来，我搞不懂自己为什么要哭，杨晚儿用手巾轻轻擦去我的眼泪。

她说：我们不回去了，我带你去看看香山的枫叶吧。

我说好。

然后我们开车去香山，那晚我们真的没有回去。在香山，在枫叶中，在罗大良的车里，我疯了一样地吻杨晚儿，激情的火焰一经点燃就难以收拾，我脱去了她的衣服，抚摩她柔软的躯体，感受到她急促的呼吸，我再也不控制不住，搂住她用力地和她做爱，仿佛要冲破什么桎梏一般。

杨晚儿搂着我的脖子，不断呻吟。

事后，我们没穿上衣服，我就在车里抱着她。

杨晚儿对我说：我没有让你有遗憾吧？

我说：嗯。

杨晚儿说：你遗憾太久了，所以我不想让你遗憾。

我说：我会好好对你的。

杨晚儿甜甜地笑了，说：哼哼，你敢不？

我问：对了，我在上海给你买的衣服和香水没见你用呀？

杨晚儿说：我舍不得。

我心头一热，抱紧她，说：没什么舍不得的，要是用完了我再买嘛。

她翻身上来，说：是不是我要的你都给我啊？

我说是。

她说：好，我要你。

49. 分水岭

第二天，我带杨晚儿回了我的宿舍，我简单收拾了一下床铺，让她好好休息，昨天晚上可没有睡觉呢。

我坐在床头，开始思考谈这场恋爱的目的，我想我是希望能找到一个伴侣，一个稳定的伴侣，好好谈一场恋爱，然后一起走上那婚礼的红地毯。

但是杨晚儿告诉我，她不是这样认为的，婚姻对于她来说，就如同束缚一样。因为她还年轻，女孩子的思想观念在二十岁前后是一个分水岭。杨晚儿比我小两岁，才刚十八。

所以她说着很早前就跟我说过的话：我不做你的老婆，要做就做你的情人。

我说：我可没那么多钱又养老婆又养情人。

杨晚儿说：罗大良总要老的，你好好干，接了他的流金岁月你不就有钱了。

我叹了一口气，说：是呀，罗大良总要老的，我们也是，谁能永远年轻呢？你不想结婚只想做情人，等你人老珠黄了，谁要你呢？

杨晚儿用了一个很重的词，她说：以后。那是以后的事情。关于以后。

我有太多茫然，天花板上的日光灯照着整间屋子，外面很安静，里面有些昏黄。这让我开始恐慌我们的感情是不是有一天会分道扬镳。

我记得我以前跟肖翼讨论了一下什么是爱情，肖翼说：说白了，就是人的本能冲动嘛。

关于小刀，我从来没有在意过他有多少个女人这件事情，我知道这是他个人问题，除了他自己，谁也不能过问。阿达说小刀上过的女人比他的头发还多，我觉得这虽然很夸张，但是用来形容一下小刀的作风还是不枉的。

我前面说过，小刀曾在高中时期，也就是那个所谓的纯真年代，暗恋隔壁班的女生，这个女生给他的影响估计比较深远，包括如今，小刀还在我面前经常拿不同的女生来比较，说来说去，还是觉得隔壁班那个不知名的女生非常之清纯，如同百合花一样清纯，已经没有女人可以和她比较了。

那女生我见过，长得不咋的，并非如小刀口中描述那么清纯漂亮，估计每个人都有自己最深最纯真的回忆，就像李茉对于我一样，我一直都记得李茉那个微笑。

那时候暗恋李茉，那时候就开始喜欢听张国荣的歌，喜欢张国荣的电影，特别是《霸王别姬》，里面的张国荣给了我非常之震撼的视觉效果，当时就想，如果世界上有哪个女的可以妩媚成那样，我也不做男人了。

为什么我突然要提起张国荣呢，因为杨晚儿也很喜欢他，我感觉什么都是注定的。李茉就如同见过一次的烟花一样，只能记得她的一瞬惊艳，却无法拥有；黎晶晶呢，就好比霓虹，再漂亮那也不是你的。

只有眼前的这个杨晚儿，是真实的。

之后的每天下班之后，和杨晚儿一起压马路，这在之前我觉得压马路是多么无聊的一件事，但是有了杨晚儿之后呢，突然觉得这个事情无比浪漫，人家都说谈恋爱就是用谈的。

周末约她看看电影逛逛街什么的，她会在北京华联商场的可人坊里一遍又一遍地看一些比较清纯可爱的衣服，然后问我哪一件好看，我说都好看，都试试吧。

杨晚儿给我的感觉就像个小孩，要不停地哄，不停地哄，不然就会跟你闹脾气。她喜欢买一杯奶茶，要两支吸管，然后跟我一起喝。喜欢每天早上起来就给我打电话，叫懒猪起床。喜欢下午的时候来我这边帮我和小刀、阿达做饭。喜欢用医生的口吻说什么什么东西吃了对身体不好。

这仿佛是我一直以来的欠缺，上天给了我一个补考的机会，我要努力珍惜。我决定要不顾一切地跟她在一起，可是生活的变故总是那么突如其来，我努力经营的爱情一再变化，让我措手不及。

50. 海洛因

有一天我和小刀正在罗大良的场子里帮忙调音响,杨晚儿一干女生在打扫清洁,这是"流金岁月"里白天正常的工作情况。罗大良在办公室抽烟看报纸。

我手机响了,十一姐来电话了,说有人在她场子闹事。

我一听,赶快给罗大良说,罗大良说:有人敢闹十一的场子?你和小刀去看看,小心点,大不了找警察解决。

杨晚儿走过来问:你们去那边会不会打架?

小刀说:放心,我不会让人碰到妹夫的。

我给了小刀一拳:少占我便宜。

杨晚儿说:要不,你们直接报警吧。

小刀说:那多没意思,要不这样,子丹别去了,我去看看就行了。

罗大良说:也好。你们两人一起去,准要打伤人家,只去一个还收敛一点。

我说：十一姐给我打的电话我能不去吗？

杨晚儿抢白道：那我叫你不要去，你还去吗？

我说：我……

我真的服了她了，小刀解围道：好了，我一个人去，再争个不休，十一姐已经被人揍了。

小刀于是喊上了"流金岁月"里十几个身手比较好的兄弟浩浩荡荡地冲出去了。

他出去的时候我眼皮不断地跳，用我们那边的话来说，就是会有什么不好的事情发生，我赶紧给他发了一条短信过去：千万不要意气用事，一切自己小心。

小刀回了我一条：婆婆妈妈，跟你老婆一样。

后来事情是这样发展的，有两个悍妇，就是我上次在十一店里见到的那两个每天都要来闹不满意的膘肥婆娘，在十一场子大闹，十一终于忍受不住了，揍了那两个婆娘，谁知她们其中一个是斧头帮老大的马子，她挨了一巴掌就装出自己被打成半身不遂的样子。马上斧头帮就跳了出来，这下说是十一先动手的，黑道上的人谁也不好出来帮十一说话。

这一切显然都是有预谋的。

小刀带人赶过去的时候，十一的场子已经被砸得稀烂，十一姐和她的几个小弟被带走了。小刀怒不可遏，去大闹斧头帮的场子，不料对方请来一帮高手，小刀被殴成重伤，能把小刀打伤这实在不简单。斧头帮扣了小刀和一干"流金岁月"的兄弟以及十一姐他们，放出话来要罗大良出来谈判这个事情。

接到这个消息的时候，罗大良正在边听音乐边喝茶，我意识到这个事情并不是那么简单了，斧头帮为什么要大费周章地搞这么多事情？小刀和十一姐被扣了起来，会被怎么虐待？我一想到这里，就全身发寒。

罗大良问我这个事情怎么办。

我说：报警吧。

罗大良说：不用报警。

我说：他们要你去谈判是什么意思？

罗大良说：别管他们。

我又问：可是小刀？

罗大良说：他们是冲我来的，不会对小刀怎么样。

我意识到罗大良似乎不愿意理会这个事情，我问：到底你跟斧头帮有什么纠葛呢？

罗大良放下茶杯，说：子丹，这不是你该管的事情。

店子里的电话又响了，我跑过去接，那边一个粗口说：操，罗大良你个全家卖逼的，我限你三天之内把货给我吐出来，不然我要你这帮兄弟姐妹的手指头！

我急了大喊：你别乱来。

那人说：操，是你狗日的先乱来，你他妈吃了豹子胆了，敢黑吃黑。

我正要说话，罗大良抢过电话，说：老子没见着你们的货，你们少来这套，不交货还要老子付账，做梦！老二你敢动我兄弟一下,我找长老开香堂解决,你斧头帮从此不要在北京混了。

那头阴恻恻地笑:咱们走着瞧,十一在我手里,香堂开不了。

这边道上的规矩是黑道上有什么纷争,实在解决不了的,就请出十三位各个地盘的当家出来,然后举手投票表决到底怎么解决。三里屯的当家是十一姐,十一姐出不来,香堂的规矩怎么进行呢?

我求罗大良说:你不让报警是不是这批货见不得人?小刀是我兄弟,大哥我求你救救他吧。

罗大良吼道:这里是我做主,没你的事。

这是一批什么货,我已经猜到了,会引起这么大纷争的,必然不是摇头丸或者K粉这么小儿科的东西,这群王八蛋,海洛因的买卖居然做到天子脚下来了。

早在上海的时候我就听古刚说起"大上海"的黑生意,我就意识到罗大良发家绝对不是那么干净的。

用古刚的话来说:经营这种场所怎么可能不沾染海洛因生意,除非你这一辈子都不想发家,或者你天生就不爱钱。对于罗大良、刘少君这些暴发户,又岂会只搞点摇头丸这些小儿科呢?

我不知道该怎么办了。

我现在可以直接报警,但是如果报警会给罗大良造成什么后果,他对我、小刀、阿达、十一姐都有恩,我不能见他被弄得身败名裂。

第二天,我们收到一个包裹,里面是一根手指头,这根手指头不是小刀的,他小子身上哪个地方我没见过?幸好这根手指头不是他的。

当时所有人震惊了,罗大良却没有任何反应。

我想起老庄师父说的:但凡习武的人都有一股血性,虽然控拳道讲究克制自己修身养性,但是遇到为非作歹之人、祸患之事千万不可退缩,否则不配做我老庄的徒弟。

一个热血的想法冒了出来。

我不能等着罗大良跟斧头帮耗下去,我要救小刀和十一姐。

51. 星 爷

杨晚儿跟我争吵过一次,她说,如果我去的话,就跟我分手。

我说:难道你就不管你哥小刀?

杨晚儿叹了口气,说:我只知道你,我不让你去,你绝对不能去。

我说:放心,我只去看看,如果他们要动手,我就报警。

杨晚儿哭着说:我还不知道你?你不会让罗大良被查到的。

我一时语塞。门突然开了,罗大良站在门外眼角有泪光,他说:好兄弟,我现在去找他们要人。

我问:你一个人去?

他说:不是,但我带的人不多,你要不要去?

罗大良在这边生意虽然做得大,但是自己毕竟不是黑道中的人。

我想都没想,说:好,我跟你。

杨晚儿一听，喊：不准去。哭着拉着我的衣袖，那情景就跟生离死别一样的凄惨。

她接着说：赵小刀跟你身手差不多，也被扣了，你去能强到哪里去？

罗大良在一旁不知道该说什么，慢慢退出去。

屋子里就我和她两人了，她拉着衣服的手不放，吵吵嚷嚷半天，死活不让我走，甚至拿出了中国女子传统的绝招——哭二闹三上吊来。我把她抱起，开始吻她，别人都说让女人住口的最好办法就是用你的嘴去堵住她的嘴。

我想起周星驰的《大话西游》里面，有一句比较经典的对白：当时那把剑离我的喉咙还有零点零一公分，但是四分之一炷香之后，这把剑的女主人将会被我彻底地征服，因为我决定说一个谎话，虽然本人平生说谎无数，但是我认为这一个是最完美的。

于是我也决定说一个谎话。

我对她说：有你这么爱惜我，我不会惹事的。

杨晚儿不说话，我知道她是默认了，是被我征服了。

记得一个星期前，我和杨晚儿去看电影，也是周星驰的，叫《功夫》，我们一致觉得这部片子没有以前的好笑。当时看到斧头帮在里面为非作歹，我和杨晚儿都笑了出来，因为我们联想到了来找罗大良麻烦的斧头帮。后来那个片子里的练武奇才一个人把斧头帮给端了，还搞定了那个绝顶杀人狂魔火云邪神。

现在我要去斧头帮的赌场，这就跟《功夫》里的情节一样。

52. 江　湖

　　我叫周子丹，我从小都想主持正义，做大侠，上了高中理想是做一个编导，拍出许多弘扬世间爱和正义的片子来感化别人。

　　后来陆女神死了，我一直在找赵小刀，这些年我一直盯着他，这个案子没有任何线索，也没有任何证据，我只能观察赵小刀的言行举止，在我心中推知他是否有罪。我心中早就隐隐觉得，他不是凶手，不知道为什么，我就是离不得他。

　　或许理想的路途上太孤单，我给自己找了冠冕堂皇的借口，可以一面对赵小刀的弱智嗤之以鼻，一面又和他相依为命。

　　他们都说我是脑抽筋。

　　但是当我发现一切所谓美好梦想，都是苍白无力的时候，我还是只有一个选择，就是老庄师父传授我的一身功夫。

　　曾经如此反感暴力的我，却一而再、再而三地选择用这种方式。

　　罗大良领着我们一群人来到斧头帮的赌场，跟他们老大谈判。斧头帮的老大绰号叫李老二。

那天李老二跟罗大良争执不休,又不能找个什么仲裁机关解决一下,就只能不停地争论。

罗大良提出先放人,然后再开香堂商议解决。李老二说:罗哥你当我李老二是第一天出来混呀,你他妈有钱,我们兄弟是穷鬼,你甩点钱把十几个当家的都买通了,香堂开了也不姓关二爷,是跟着你姓罗的。再说了,你打点十几个当家那可不是小数目,你不如就跟兄弟把这事给了了。

罗大良问:怎么个了法?我确实没收到你的货。

李老二说:嘿嘿,那笔货我们不谈了,你没有收到那也罢了,只是罗哥以后你的生意要给我们斧头帮分三成。

罗大良笑道:李老二你真是第一天出来混,我凭什么要跟你分?

李老二说:你一帮兄弟在我手上,你连几个兄弟都罩不住,恐怕对你地位有影响吧?

罗大良说:你的意思是,承认那批货是幌子,你是故意扣了我兄弟来要挟我是不是?

李老二笑得很卑劣,说:没错,都是出来混口饭吃,罗哥以后你的生意分三成给我打点,我保证给你创收。

罗大良拿出一根烟,说:李老二,你真是心思缜密。

李老二一挥手,一个马仔过来给罗大良点烟。罗大良说:好,你先放人。

然后小刀和十一姐一众人就被捆着推了上来,十一姐神色委顿,衣衫不整。几个马仔过来松绑。小刀刚一被松开,骂了一句：操你妈！一脚把那马仔给踢飞出去。

罗大良喝道：小刀！

小刀老实下来。我看他仍然如此生猛就知道没什么大碍了，心里落下一块石头。

小刀看着我，说：十一姐她……

我一听，目光看向十一姐，她头转向一边，不看我。我顿时明白发生了什么，感觉好像肺都气炸了，把拳头握得咔咔作响。

李老二说：口说无凭，罗哥手里一共二十个夜总会，三个赌场，十一个餐饮部门，我帮你管理三成，已经拟好了租赁协议，罗哥要是没意见，你签字就好了。

然后就在李老二伸手递过协议的时候，罗大良喊了一声：周子丹！

我飞快上前，扣了李老二手腕，施展擒拿手，把他倒提起来，锁了他喉咙。

罗大良笑道：李老二，你真是第一天出来混，扣了我几个兄弟就敢来要挟我，现在我兄弟扣了你，你自己看这个事情怎么解决！

李老二吼了一声：妈的！

然后他的几个马仔冲了上来，我手上一紧，痛得他死去活来，大叫：别过来！

小刀对罗大良说：罗大哥，那个王八蛋把十一姐……

罗大良用力甩了李老二一个耳光，打得他满嘴是血。妈的，原来罗大良手劲这么大。十一姐冲过来，那个表情如同怨妇一样，飞起一脚，踢中李老二的老二，我们听见鸡蛋从高处落地的声音。

李老二一声惨叫，他的手下再也按捺不住，冲了上来，领头的三个非常彪悍，一人伸手来钩我右手，用的是小擒拿功，一人飞腿攻我下盘，用的是岳家散手中的追魂夺命腿，最后一人也伸手钩我左手。这三人配合密切，我若不放开李老二，即使弄死了他，也会被这三人擒住。

小刀喊了一声：小心。

我顿时意识到就是这三人打倒了小刀，这三人确实是高手，三个人配合起来已经有了老庄师父一半的厉害。

我心想如此松手放了李老二太便宜他了，想到十一姐的怨妇表情，一股热血涌了上来，一翻腕，卸了李老二右手关节。这么一耽搁，那飞腿已经打到面前，我急向后退，放开了李老二。那追魂夺命腿顾名思义，我本已经躲避开，他膝节一转，腿又直追向我喉颈。

顿时场面乱成了一团，两帮人开始群殴，场面之浩大，跟拍电影一样。罗大良和李老二呼呼喝喝，指挥作战。两帮人先是拳来脚往，后来居然拿出刀子来，一股血腥味弥漫了李老二的赌场。

我叹了一声：妈哟，我怎么又卷进这种血腥场面里来了！

眼见这一腿我已经躲避不开。

小刀跳了过来，双手一剪，缠了那一腿，一运巧劲，把他甩飞出去。口中吼了一声：操你妈，打了老子的给我还回来。

我发现小刀现在挨打之后不仅功夫有进步，连言语都升级了，从骂他妈的，升级到操你妈了。后来我听说小刀对那个使腿的特别恼怒是因为这厮第一次跟他打的时候，出一招，就要吼得跟李小龙一样，小刀的师父李慕龙的截拳道练了二十年还没见他叫得这么大声。

现在是我一对二，擒拿对擒拿，小刀拖住那使腿的。其他人是怎么个打法我没空留意，反正我注意到十一姐的打法跟《射雕英雄传》里梅超风一个德行，她揪住李老二，开始施展九阴白骨爪。

那两个打手跟我耗了半天，谁也没奈何得了谁，我也打累了，喊了一声：暂停，中场休息一下。

我话没喊完，那人抄一个酒瓶就给我扔了过来，我向左一闪，刚好被第二人擒住右肩，他二人面露喜色，觉得这次搞定我了。老庄师父跟我说过，控拳道是后发制人的功夫，先要控己，才能控人，只要能随心控制自己的气力，身上每一个部位都是攻击武器。

想到这，我把全身气力集在肩膀，迎着他抓来的方位，向后飞撞，那人拿捏不住，手指关节被撞断。我施展一招回身反擒拿技，扣了他手脉，那人痛中生凶，用头猛撞我，当时我只觉得天旋地转。用头撞是小刀学功夫之前打架的惯用伎俩。

小刀喝一声：操你妈，敢盗版我的功夫。

他刚一分心，被一个边腿踢中，飞出两三米远，喷出一口血，飞溅到我身上。

我动了真火，喊了一声：滚，敢踢我兄弟！

抓住那人起腿的空隙，一个边腿把他轰了出去，造型跟小刀一样。

当我踢完之后，发现旁边那两位仁兄已经非常不满，喊道：正打架呢，你他妈不能专心点！

一拳正中我胸口，我哇的一声，吐了一口血。

那两人扑了过来，一人拿我喉咙，一人抓我左肩锁骨，我顿时感觉到了从来没有过的死亡阴影。

我豁了出去，不退反进，向他飞撞，喉咙终于还是被拿住，痛得差点窒息。就在那人拿住我喉咙的时候，我伸手抱了他腰环，借了他的冲力，曲身一扭，把他放倒在地上，翻身用膝盖往他喉咙一撞，那人昏倒过去。另一人扑了上来，将我死死抱住，向后一翻，我头下脚上地被摔向地板。

小刀叫道：子丹。

我顿时失去了知觉。

那人仍不放手，死死勒住我脖子，誓要置我于死地，小刀顾不得罗大良，伸手来掰那人手腕，那人动了必杀之念，任小刀如何施为也不放手。

小刀急得快哭了，怎么打怎么踢也无济于事。那人抱着同归于尽的决心，胳膊勒住我喉咙死死不放。

我快死了，我想起了我的老爹老妈，想起了李茉、黎晶晶、杨晚儿，想起了老庄师父，想起了肖翼、夏顺寒、小刀等兄弟们。

我想起了我还没拍出来的剧本，想起了高中时候的天台。当生命受到威胁，我才看清楚原来人活着，最大的意义，其实就是如何活下去，这是本能。

我慌乱地挣扎，挣扎中摸到地上有一块硬物，抓起来朝他眼睛戳去，血流了我一身，他惨叫一声，勒得更紧。我记得控拳道里有一招舍命招数，老庄师父叮咛过，此招比关节技更为厉害，不到万不得已绝对不能使用。

此刻我也顾不得这许多，反手抓了他的后脑勺，他吃痛挣扎向后摆脱，我借他一挣之力手向下滑，啪的一声，封了他的脑后要穴。

那人倒了，我也晕了过去。

故事后来是这样发展的：警察来了，不知道谁报的案，我们全被带了回去。我做梦都没想到我会变成犯人。

关于正邪，我想起张国荣拍过的《纵横四海》，里面他和周润发扮演的大盗，让我一度分不清楚什么是正，什么是邪。当正义扭曲无力的时候，是不是就轮到他们这样的人上场？

警察拷上我的时候我心如死灰，没有反应，只问了一句：我可以打个电话不？

一个凶横的协警甩了我一嘴巴，说：干吗，还想通风报信？

我只是想跟杨晚儿说一声，叫她今天晚上不用等我吃饭了。

53. 入　狱

整个事件被定性为聚众斗殴，我是其中的积极分子，因此以聚众斗殴罪判了我五年有期徒刑。罗大良李老二等人被判成什么我没有在意。

小刀是被绑的受害者，没有证据显示他直接积极参与斗殴，他只要接受劝戒教育，不会被判刑。

之后我想了一个问题，我可是一直想要做大侠的人，可是现在我却在接受法律的惩罚，这是不是一个非常滑稽的讽刺？

还在看守所的时候，杨晚儿来见了我一面，那天她给我送了点她做的菜来。

我从来没觉得她的手艺好，不过这一次我感觉还不错，我吃到一半的时候，她突然对我说：你说话不算话。

我说：对不起。

她说：你知道的，我不可能在外面等你五年。

我沉默了一会儿,觉得实在不应该让她为了我等上五年,人的青春有几个五年呢?特别是女孩子。

我说:好,这样,我们分了吧,如果我出来你还没男朋友,我一定把你追回来。

杨晚儿哭了出来,说:我爱你的,你知道的,是你没有珍惜。

我一听,忙笑着补充道:如果你有男朋友了,我也一定把你抢回来。

我说这话的时候,觉得饭菜有点哽。

从那以后,杨晚儿没有再来看过我。

过了一段时间,小刀来看了我一次,我问起他现在打算怎么营生,他说还在"流金岁月",罗大良最后把所有生意都交给了小刀。

我问:杨晚儿呢?

他说:走了,不在这里了,听说在一家公司做文秘,过年的时候在大街上遇到过一次,整个一都市女白领了。

我说:那就好,人始终会成熟的。兄弟,你帮我个事儿。

小刀看着我,点头,眼睛里有光,他说:放心,我一定做到。

我笑了,他知道我要说什么。我要说的是这几年,如果有可能,多帮我照顾一下杨晚儿。

我又说:别告诉我父母我进来了,老人家受不起刺激。也别告诉肖翼,不然他会疯掉的。

小刀说:我明白,就说你出国去了,时间很快就过了。

我说:那就好。

我又问:罗大哥情况怎么样了?

小刀说:罗大哥在里面,有一些朋友关照,还是过得不错的。

我又说:那就好那就好。

我停顿了一下,鼓起勇气,问了最后一个问题:赵小刀,我问你一个事,你一定要老实回答我。

小刀说:你说吧,估计我也猜到你想问什么。

我问:陆女神的死和你有没有关系?

小刀沉默了半天,说道:我发誓,我没有骗你,我不会伤害我喜欢的人。

那就好。那就好。

一切都好好的。

54. 狱　友

在里边我只能用两个字来形容，那就是空白。

刚开始的一天，我抱着被褥走进自己的房间，感觉这个房间还是满宽的。刚坐下没一分钟，一张不算很厚的被子从天而降，罩住了我，然后就感觉拳脚落到身上。里面一群老犯拥上来把我殴打了一顿，听说这是规矩，新犯都得这样，我没有还手，被他们裹着被子打，这样不会留下伤，这群傻逼真他妈专业。

打完了听见一个粗声粗气的人说：记好了，进了这里面你就什么都不是！是渣滓！

我一听，脑子轰响着，琢磨了一下这句话有语病，然后就想，我怎么就和这群渣滓混一起了？

新犯要被老犯欺负。这个规矩和部队一样，新兵入伍也是要受老兵折磨一番的。因此，作为新犯的我经常被欺负，比如吃饭的时候有人会从我的碗里把唯一的肉夹走，比如有人会把啃光的骨头扔到我碗里，比如有人闲着无聊了啪的给了我一巴掌。

我都没有反抗，我想我是在为我的这身功夫赎罪，老庄师父的控拳道我现在才明白透彻，所谓控拳，其实是控制自己的心性。现在才领悟到，不知道算不算晚，等我出去这不都二十好多岁了吗！

我的室友犯什么罪的都有，以前在外面听说这么一句话：单项进去，全能出来。这群人每天必要交流各种犯罪经验，或许你是犯杀人罪进去的吧，等你出来，也就掌握了盗窃开锁等等技巧了。

这里面人们最看不起的是性犯罪，我们寝室有这么一个，估计是强奸了妇女，他在我们寝室里只有帮忙打洗脚水的份。我看着他，觉得这个社会果然存在阶级斗争这种说法。

我们住的是八人间，但只住着六个人。跟初中那会儿的寝室一样。我想起了夏顺寒，不知道他在哪个监狱里，如果跟我在同一个，会不会哪天碰见。

我脑子里浮现这样一个画面，有一天放风出去打球，偶然间在拼抢球的时候，发现与对方竟然相识。夏顺寒跟我都震撼了，感动了，然后执手相看泪眼，无语凝噎。

这个时候人性化管理的监狱的大广播喇叭里放着刘若英的新歌，非常温暖，别人都说这首歌是专门为监狱里广大正在改造的同胞写的，所以那个大广播每天不停地放。我当时没搞懂这首歌怎么就成了专门给蹲监狱的人写的呢？

然后我听见她唱：在千山万水人海相遇，哦，原来你也在这里。

坐牢没什么不好，小刀托人送了好些书进来，我终于有了许多的时间来看书了，闲来没事就写点东西，写点小说，写点剧本什么的。

原来理想在这种时候有消遣的功能。

那天大广播又在放歌了，是《当爱已成往事》，我又想起了张国荣，前些年的这个时候，他带着自己的芳华绝代，告别人间，从高楼跳下，将生命化成了一颗流星，只留下烟花滚烫。

听着这首歌，我眼泪哗的流了下来，原来生命的无常是如此的突然。是不是人太有才华，太执着，就易悲伤，就易把自己困死自己的念头里面。

寝室老大是个杀人犯，叫王大，长得凶眉恶目一脸横肉，听说是个帮派头子，是整个监号里最牛的人，听说他混帮派的时候，那个狠劲儿不是一般的恐怖，即使进了号子里来也没有改变过。我进去的第一天就是他带头打我。王大在号子里有一帮小弟，我当时就没弄明白，我一直觉得一个犯罪分子再凶恶，进了这里面应该也要低头才对，他怎么就在监狱里搞起个小帮派呢？

和王大一个监号的日子可不好过，此人闲时无聊便要打人，我在寝室通常不吭气不出声，他也就乐得拿我来发泄。我不还手，我知道打这种人跟打李老二是一个道理：没意思。不就是个痞子嘛，装什么老大搞什么帮派。

王大虐待我的同时，他自己的灾星也就跟着来了。那一天来了一个叫付川的，二十来岁，被分到我们寝室来，他一来就先声夺人，嘭的一声，把门甩上，又把被褥随手扔上了床，那姿态怎一个大爷了得。

王大看不惯了，说：呀嚄，呀嚄，头一次看新来的这么不懂规矩的。

然后他又朝其余几人喊：是不是要教教这位新牢友规矩啊？

接着整个寝室一阵怪笑，我没笑，我觉得很无聊。

王大看到了我的木然反应，啪的给了我一耳光，说：你小子还真能撑啊。

新牢友付川从进来就没正眼看过王大，听见我这一耳光响，才转过头来，一开口全是东北腔的东北方言：得瑟啥？你哪个旮沓混的啊？

王大先没听懂，旁别有个吉林人给他说：老大，他骂您，说您嚣张啥，哪个地盘混的？

王大一听火冒三丈：操你妈，老子就得瑟了，咋了？

吉林那人纠正道：老大，别这样说，得瑟是贬义词。

王大面上一红，更显凶恶，扑了上去，就要打那付川。

东北汉子付川忍了没还手，让被子捂着打了好长时间，我看出来了，这人也是个练家子，王大众人的拳脚落到他身上，他隔着被子都能把要害避开，所以任他们怎么打，顶多也是小伤。

打了半个多小时，王大也累了，气喘吁吁地说：今天先给你个教训，以后，以后要守规矩，知，知道吗？

付川拿下头上的被子，气定神闲地，冷笑着对王大说：就这点本事当年你还在顺南街砍人？

王大像是被什么刺了一下，面上表情僵硬。

我瞅了他一眼，发现他脸色越发难看了。这个付川和王大之间必定有什么事情发生。

王大颤颤地问：你知道些什么？

付川还是那副什么都无所谓的表情，说：你运气好，砍了人之后逃到外地，警察拿这件无头案没办法，而你居然还在异地混上了老大的位置，你可真是福星高照啊。

王大陷入沉思，隔了好久，才说：你怎么知道的？

付川笑了，说：你当然想不到有人会知道，你认为你设计得天衣无缝是吧？

王大有些恐惧，眼前这个东北汉子像鬼魂一样，没有表情，可是他的言语分明充满了怨恨。

付川突然笑了，说：放心，我不会跟你一样的残忍。

说完身法快似闪电，王大脸上吃了一拳，痛得呼天抢地，牙被打掉两颗。他的喊声惊动了守卫，狱警过来问怎么回事。还没等付川开口，王大满口是血地说：没事没事，不小心摔了一跤。狱警走了之后，付川说：不错，你很懂规矩。从明天开始，我每天打一拳，打到你死为止！

寝室里众人不敢说话，付川过来拍了拍我肩膀，说：能忍辱，不错，是条汉子。

我懒得理他们，我只希望时光快点过去，我已经厌倦了这种打杀的场面。

55. 索命和复仇

当晚。

夜深人静。听见了付川的打呼声。

王大和寝室四个人一哄而上,估计是要先下手为强。

我拉了拉被子盖好背心,转过身去继续睡觉。

第二天起床的时候,发现王大神色委顿,又少了一颗牙。暗自好笑,这叫恶人自有恶人磨。

从此王大就看付川的脸色做人,再也没有闲情来打我。我琢磨着总有一天要发生血案了。

就这样,每天一拳的规矩保留下来,付川哪天心情好些的话就会下手轻点,否则王大根本就没法吃饭。有一天中午分饭的时候,王大正准备吃,付川又是一记铁拳打了过去,喝道:把菜全拿来。

王大终于受不了了,呜哇着扑了上去,看来是要斗个你死我活了。人一旦长期被逼困就会忘却生死,像《角斗士》

里面的奴隶起义一样。王大挨了这么久的打,大概也熟悉付川的拳路了。一开始竟然斗个势均力敌,看来王大能混上一帮派之首不是侥幸所得。

付川笑道:你丫还造反是吧?

王大吼道:老子什么地方惹你了?道上混的谁没砍过人?为什么就针对我?

付川一听,变了脸色,一记重腿踢得王大差点晕过去,他一把抓起王大的脖子,恶狠狠地说:你还记得你砍的那个人叫什么名字吗?

王大吼道:不记得了!

随手抓起饭钵往付川眼睛砸去。付川一松手,王大腾出空手来,一拳过去,那东北汉子也被打得跟跄了几步。

付川大声道:十二年前被你砍死那人叫付源,我父亲!

王大一愕,付川扑了上去,和他扭打在一起,打斗声响惊动了狱警,一帮狱警拿着警棒呼喝着,让全室的人都蹲下手抱头,然后他两人被带了出去。

整个寝室一阵安静,我脑子里冒出老庄师父以前说过的一句话:种善因,得善果,因果终有报。

付川看样子是进来折磨这个杀父仇人的,他甚至不愿意一下结果了他,而要慢慢折磨他、侮辱他,让他生不如死。两人被罚关禁闭,几天禁闭下来,再强悍的人都没有力气再打了。

禁闭室只有墙,一人一间。我们戏称为"总统套房"。

他二人享受之后回来终于知道原来监狱是有很多方法挫人戾气的。现在二人的仇恨已经挑明，到了该了结的时候了。

放风的时候，我和付川待在一起聊了几句，他问我是怎么进来的。

我说是因为帮派争斗。

付川笑着说：你觉得这些有意思吗？争来斗去的。

我叹了一口气：我也觉得没意思，可是在我最窘迫的时候，是我那大哥收留了我，他遇到难事，我不能不出手吗？

付川说：你想过你的家人吗？你知道失去亲人是什么感觉吗？

我不说话。

他又说：我父亲被王大砍死的时候，我躲在床角不敢吭声，那时候我还小，但我深深记住了王大的模样。

我问：你没有想过用正当的法律途径惩罚王大吗？

他又笑了，说：我看得出来你本性不坏，是条汉子，你知道我进来之前是干什么的吗？

我隐隐猜到了些，他小声说：警察。事隔这么多年，我只能用这个办法报仇。

我脑子嗡的响了一声，其实付川错了，但我有什么资格说他错呢？他同样也是被现实困住的人。我突然对他生出一阵怜悯。

回到寝室，王大很懂规矩地把饭碗里的肉菜夹到了付川碗里。付川笑着分了一半给我，王大用敌视的眼光瞪了我半天。

从那以后，付川喜欢给我讲一些他当警察时候的故事，他讲到破什么案件的时候眼里有强烈的光。只有在讲起警察故事的时候，他才没有仇恨的影子，但讲到最后，他总会感慨自己的无能，不能将王大绳之于法。

我想起高中有两个同学报考警察院校的故事，很是幽默。其中一个报考的是沈阳警校的侦查专业，另一个同学报考的是警犬训练专业。那天面试的时候考官询问来报考警犬训练专业的同学：为什么要来报考警犬训练专业啊？

众人搬出了各种政治辞藻，什么警犬对破案的重要性啊，什么警犬是警务中不可或缺的部分啊，千篇一律的。考官听着烦。到我那同学上去面试时候，考官同样问：你为什么要来报考警犬专业啊？

那哥们儿呆望了考官半天，一时找不出什么有新意的话语来。猛的他拉出一个史努比狗的充气玩具，模仿着台湾腔说：哇！我好喜欢狗狗啊！

考官笑得差点趴地上去。结果这位哥们儿被录取了。他们一致认为此人有活力、有爱心，一定能训练出很有活力、很有爱心的狗来。我突然想起成龙拍的一系列比较搞笑的警匪片来，很有活力。

56. 夜 战

  这个晚上我睡得特别香,梦见了杨晚儿。她那娇艳的笑容,就像香山的红叶一样,她总是说不想让我有遗憾,可是我却让她遗憾透顶。顿时一种莫名的感伤泛起。在这深牢大狱外,她到底过得如何,她是否知道在这深牢大狱的某一个漆黑的角落,有一个人很想她。就像是火种,在四壁生寒的环境下,一想到就有了温暖。梦里杨晚儿越走越远,我听见眼泪的声音,当这个火种熄灭的时候,原来我是如此的贪恋不舍。

  感觉到脸上热热的,似乎是眼泪,睁开眼睛一看,吓了一跳,我身上居然有血,不仅身上,连脸上都有。血是热的、腥的,我本能地跳了起来,背靠墙壁做了个防御姿势,整个寝室没开灯,借着月色看不清楚,只听得见挣扎的声音。

  我顿时感觉不妙,朝声响的方向走了过去,感觉有两人在打斗,不用想也知道是付川和王大。黑暗中一人握着一把匕首，往另一人身上扎去，鲜血四溅，那人苦苦挣扎，擒住了那只拽着匕首的手，不过看样子，也撑不了多久。

我不能放任一桩凶案在我眼前发生，何况付川还挺欣赏我的。想到王大的凶残，既然挑明了是死仇，他必定要先下手，凭他的能力在牢里搞一把匕首应该没问题。我喝了一声：住手！扑上前去一掌推开了那拿匕首的人，那人杀红了眼，黑暗中分不清方向，匕首便向我戳过来，等我感觉到的时候，匕首已经离脖子很近了。

我定下神来，顺着来势，一脚蹬出，似乎踢到那人小腹，匕首缩了回去。蓦的我手上一痛，血流如注。黑暗中看不清楚，不知此人如何就把我刺中了，我顾不得去管伤口，急忙向后闪，那人并不追来，显然是逼退了我然后继续回头行凶。我一咬牙觉得这事不能不管，又一个箭步蹿了上去，又是一掌拍出，那人听得声响侧身躲闪，随即起一记流星飞腿朝我眉目踢来。

我一愣：王大什么时候变得如此敏捷？

不及细想，双手前举架住了那人的腿踢，连消带打，往地上猛砸，那人身形落地，慌忙变招，反手一刀刺来。在黑暗中这一刀准头、力道居然也发挥得天衣无缝，令我无从躲避，我脑子里闪过一个念头：好功夫。

就在刀身插入我胳膊的时候，我忍着剧痛把刀死死抓住。满手都是鲜血。那人不肯松手，我顺着匕首摸到他的手腕，使一记小擒拿扣了他脉门，两人就此僵持起来。

这时我听见一个室友喊出了声：来人哪！来人啦！杀人

啦!

　　我暗骂自己蠢才,怎么刚才没想到叫狱警呢!灯打开了,有些刺眼的光,我首先看到的是躺在墙角血泊中的王大,蛆虫一样蜷缩着,鼻涕眼泪流了一脸,裤子都尿湿了,但看样子是死不了。

　　付川恶狠狠地看着我,眼睛里全是血丝,狰狞恐怖,手中的匕首不肯放下,我的血顺着匕首流了一地。

　　妈的,我救的竟然是王大这个人渣。

　　狱警匆忙进来了。付川望着我,眼里有乞求。我们都知道他这次被带走,必定是不会回来了。他在乞求我什么,乞求我现在松开手,哪怕只有一刻,他也能纵身在狱警面前杀了王大。

　　我摇摇头,说:付川,别再错下去了!

　　狱警来拉付川,他不肯松手,刀仍然插在我胳膊中,我听见他牙齿发出的咯咯响声。他说:我恨,我恨!

　　付川被带走,狱警看了看血泊中的王大,估计是不方便立刻搬动,于是叫来几个医生模样的人来看王大,做了一些紧急处理。

　　刚包扎好的王大啪的跪在我面前,猛地磕头,说:周哥,谢谢了。谢谢了。

　　我大声道:滚!

　　他仍然怯怯地说:谢了。您老是我救命恩人哪!

　　我烦了,说:滚!

飞起一脚把他踢得贴墙上,然后对他说:王大,你自首吧,你砍死付源的事情交代了吧,否则我要替付川把没了结的事做完!

王大整个人崩溃似的瘫坐墙边。

整个事件调查了很久,我们寝室立刻被当作重点监号。最后王大自首了,交代了所有罪行,原来砍付源只不过是冰山一角。付川没再回来。

那天来了几个领导模样的人找我谈了话,说是表扬我有救人立功的表现。

他们讲的一系列接受改造之类的话,我一句也没听进去,最后他们讲完了,我问:可以告诉我付川怎么处理的吗?

有一个老领导皱起眉头,说:这个跟你没关系。

我们寝室就只剩下五个人了,我回去的时候,都纷纷拥上来,把我当大侠一样崇拜。我心里一热,没想到一直以来想当大侠的念头居然在监狱里得到了满足。

没有王大的日子,寝室变得亲切了很多,没有欺压。关于付川,我有太多感慨,我深信那晚阻止了他是正确的,王大是罪有应得,但却不能让付川来审判他,这个时代已经不需要什么快意恩仇、我行我素的大侠,这是现实。我们因此而活得很无奈,这也是现实。现实总是需要某些规矩的。

以前我搞不懂为什么人们那么喜欢看武侠小说,现在明白这原来是一种对理想的慰藉,在现实中得不到满足的,都能在小说中得到满足。

而现实是,我们必须要好好活着,活在现实中。

57. 五年过去

　　现在我们说点现实里轻松的事情。我记得在监狱里有一件事情是比较搞笑的，那天看守打牌去了，忘了分饭，于是我们这一楼的犯人就吊在铁杠上，一起大声唱歌。有个哥们儿比较喜欢 BEYOND 乐队，领着我们唱了半天粤语歌曲，那看守没反应，估计是听不懂。于是我们改唱《好汉歌》，百来号人一起唱这首歌，确实有点震撼，特别是唱道：说走咱就走啊。简直让人觉得这群囚犯要集体猖狂地越狱了。

　　这个画面让我想起小学的时候，有一天老师把全班留下来补课，结果一不小心就补过头了，门卫已经锁上了大校门。我们一干小学生出不去了，像猴子一样，从高到低吊在大校门的铁条上，一起唱着迟志强的《铁窗泪》：月儿弯弯照儿心，儿在牢中想母亲。

　　我现在挺佩服当时想出唱这首歌的人，他真是先知。我现在想起这首歌，对自己说，原来我也有被关在铁窗里的一天。然后拿起妈妈和爸爸的相片开始哭。

我都在外面漂了多少年了,这么不争气,等出去之后一定要回家好好待着。

然后又回忆起纯真的年代——中学时期,其实还是那个时候好,不用忧虑什么,只管两件事情,一个是读书,一个是玩。那个时候跟肖翼一起玩弓箭,一起暗恋李茉,那个时候搞文学社,那个时候酗酒被开除。

我突然意识到自己似乎总是生活在回忆中,之前听肖翼说李茉跟贩毒的夏顺寒混在一起,我就一直很担心,又听说夏顺寒进了这个地方,我就放心了。

不知道为什么,我对李茉始终有种想保护的感觉,就好像要去保护一件非常重要的东西,尽管这件东西事实上不是属于我的,但是我还是执着地认为我应该去保护我的纯真记忆,保护我的初恋。

我现在好想知道外面那些女人们,到底都怎么样了,比如李茉,比如黎晶晶,比如杨晚儿。算一算,我也快出去了。

出去那天,小刀开车来接我,我回头看了一下那座监狱,恍若隔世,突然觉得挺留恋的。

小刀见了,说:你他妈没待够呀?

我笑了,说:我只是想再感受一下这种辛酸啊。

在车上我看着窗外的建筑物,其实这五年过去了,外面好多东西都变了样。听说小刀接手"流金岁月"之后,"流金岁月"的生意比以前更好了,还插手了房地产、烟酒生意。小刀的个人生活呢,似乎更为荒淫了,用他自己的话来说,就是：女人嘛，每天晚上都得换，就跟嚼口香糖一样，没味道了就得吐掉。

我问起杨晚儿，他说：下个月结婚，你要不要去参加她的婚礼？

我一听，心里感觉像丢了什么，我问：结婚？她不是不想结婚吗？

小刀说：嗨，你不是常说，人吗，总是会成熟长大的。

我又问：她怎么才结婚，男方是个什么样的人？

小刀想了半天，说：是个年轻小伙子，跟她一个公司的，我见过，她带来"流金岁月"让我看的，毕竟我是她哥吗。那小伙子人品还不错，长相也过得去，听说是个敬业踏实的小青年。对我妹，那是温柔体贴到家了。这小丫头八辈子修来的福气。

听小刀这么说，我心里好过了许多。

我说：那还不错，你帮我送个红包过去。

小刀哈哈大笑，说：放心，以你的名义我已经送了份大礼过去了，这个红包够他们小两口奢侈一阵子的了。

之后小刀帮我安排好了房子，让我休养几天，我告诉他我不想回"流金岁月"了，我想回家。

于是小刀给我准备了几身非常不错的西装什么的，反正让人一见就觉得此人是出国捞了钱回来的样子。临走他又给了我一张信用卡，说反正缺钱就用这张卡，"流金岁月"有的是钱，什么时候想他了，就飞来北京。

我抱着他哇哇大哭。

58. 日子不能这么过

由于小刀谎称我出国,我回家的时候,老爹老妈激动得不得了,摸着脑袋看是胖了是瘦了,我蹭着鼻子说:还那样。

其实在每个父母眼中,子女永远是那个样子。然后我告诉老爹,我想回家休养一段时间,在外奔波太累了。

回来这几个月,我没有考虑工作问题,待在屋里,陪老爹下下棋,陪老妈和她牌友打打麻将,每天饭后一家人会慢慢地出去散步。回家之后去找过肖翼,听他父母说他已经去了成都,发展得还不错,估计过年也不回家。过了这一年我就二十五岁了,想起来不知道前面这二十多年我到底干了些什么。过年的时候县城里放了一次烟花,我也去看了,混在人群当中,差点哭了出来。

接下来的一个月,我把在监狱里写的几篇小文章拿出去发表了,换了几千块稿费,小地方消费不高,可以让生活得过且过。这种时候,我莫名奇妙地染上了这么个习惯,就是在屋子里玩小时候的玩具弓箭,累了开始睡觉,一觉睡到午夜起来，跑到阳台，看到那来来往往不知名的车穿梭在冷冷的灯光里，然后打开收音机听那些年少无知的人写的心情故事。

这样的人在这样的处境下一定会想起以前那个什么都不懂的时代。

随便写点什么都可以发表成心情故事，换笔稿费买棒棒糖。

不久后，肖翼打电话来，告诉我他出了一本书，叫《日子不能这么过》。这厮成天足不出户，闭门写书，赚得版税生活滋润，充满阳光。

我问：你知道夏顺寒的事情么？

肖翼没好气地说：早知道，坐牢了。活该！就是他最先带李茉沾摇头丸的。

然后他告诉我一个消息，李茉进戒毒所了，是因为吸毒成瘾。我谈了一下近况后挂了电话。

在最暗的角落里点了一支烟，呛得眼泪直冒，发现这个小房间只有我一个人和一支笔、一摞纸，就连这支烟也是几天前别人递的，我根本不会吸烟。

李茉再也无法出现在我的回忆中，至少再也不是以前那个天真纯洁的李茉了。她吸毒，贩毒的是夏顺寒，惊讶的是肖翼，最伤心的是我。

我越吸越觉得恶心，一把扔在地上，重重踩上一脚，然后折断那支钢笔，觉得不能再这样下去了。

对！日子不能这么过。

59. 重新开始

我想了一下，每天混在家里成什么样子，老爹是个比较开明的人，但对我的坐吃山空很是反感，几番催促我找点事做，不能老待在家里看电视了。

日子不能这么过了，找什么工作呢，不能再抱着当个导演这样不切实际的幻想了，也不能再去干罗大良那样的帮派生意了。

我决定远走重庆去干点正当职业，洗心革面，谁知一洗便洗了三个月，直到我在这个城市里认识了一个叫叶小茜的姑娘。她让我觉得人说重庆出美女这话是不假的。

她是这么个姑娘——大眼睛，带点褐色的短发，喜穿亚麻色上衣，深蓝牛仔裤，脚上很随便，拖鞋凉鞋什么都可以穿着上街。

一脸乖巧，一副妹妹相。二十一岁，比我小五岁。

此人给我的感觉是天真无比，当真是我有生以来见过最天真的人，天真到相信天上可以掉馅饼。

我的工作就是在叶小茜开的小茶坊里站台收账。

当我走到滨江路，路过那间茶坊，咖啡色的玻璃上贴着招聘服务生的贴纸。我一下子被这间茶坊的宁静打动了。

茶坊很小，环境很好，滨江路上夜灯一亮，这茶坊立刻就成了全城最具情调的地方，生意好是理所当然的。

茶坊共三名员工，茶坊对面是乖巧老板租的公寓，巧在我住这公寓一楼，她住二楼，令其余两员工羡慕不已。

我的工作时间大体是这样：早上六点起床，到对面打开店铺，理茶叶、煮牛奶、烧开水，接下来就不关我的事了，只顾收钱就是。工作几天后发现我们那乖巧老板竟是个电视迷，不幸的是茶坊里只有一台DVD机和一台电视机，老板租到自己喜欢看的片子之后就叫我们关上茶坊门并挂上一牌子：东家有喜，暂不营业。

有一次，她有喜了半个月，就是为了看那《一帘幽梦》，并且边看边说身边的男人没人比得上刘德凯一半，我所做的就是大声说身边的女人长得还没陈德容的脚好看。

老板先后租了古天乐和任贤齐两人演的《神雕侠侣》，说比较一下。这个很明显，古版的男主角比任版帅，女主角由李若彤扮演也比吴倩莲扮演的漂亮。

刚开始，台里播了一段花絮，任贤齐等人摆了个造型一起亮相，我们纷纷猜想，就任贤齐那长相会演什么角色，应该是金轮法王，或者是金轮法王的徒弟，再退一步说可能会演奸污小龙女的尹志平，谁知他竟演杨过，吓得我喝茶把自己呛着了。

　　这个世界上有自知之明的人太少了，尤其是长相，钱钟书说没有自认为百不如人的男子就是这个道理。

　　日后听说任贤齐还演了《笑傲江湖》里的令狐冲，《楚留香传奇》里的楚留香，演的竟都是些帅得一塌糊涂的角色，也不管观众受不受得了。不过我一直很喜欢他，唱歌满好听的，他代表着一个时代。

　　我们丝毫不担心老板这么看下去会发不了工资，因为每月薪水总是按时到手。

　　这令那两员工猜测这乖巧老板本是某大财团、大企业董事长的千金，被父母逼嫁，才跑出来，而父母在女儿出走后心中后悔，变着法儿劝女儿回来，怕千金小姐钱不够用而随时汇来巨款支持茶坊。

　　这一切就像当下流行的肥皂剧一般。

　　这两人最后的结论是，要是泡上这种女的该多好。对于这种想法我不敢苟同，于是造成了这两位仁兄对我的不满。

　　我说：你们泡上的怕是钱吧？

　　那两人白了我一眼，不，是两眼，说：少他妈装清高。

　　之后的日子我在那两人面前毕恭毕敬。比如下班让他们走前面等等，这样还可以防止他们从背后捅我一刀。

　　这让我感到累，以后听到雪村唱《出门在外》里有一句：出门在外，少了些脾气多了些忍耐。都让我觉得我渐渐有所改变，估计是那几年监狱蹲出来的。

　　泾有棱石，川流不息，日削月削，棱消退，石圆滑。

60. 重庆南山一棵树

我是个多愁善感的人,有一天突发奇想,决定找一处可以看见整个城市的地方看看夜景。在重庆这个地方叫南山一棵树观景台。

于是,我深夜沿公路往山上跑,这辈子当不了大侠总还可以领略一下一览江山的感觉。这条路过往车很多,都嘶叫着显示其尊贵。跑了十几分钟,觉得已经够了,否则再往上就不敢保证有没有山贼土匪之类。

然后我从这儿望下去,满眼璀璨,烟花繁华。我这一生大概就这样过了,有点冷清和无聊,对于以前的诸多梦想实在难以实现,不自觉哼起那首《青春无悔》,发现山下之所以灯火如昼,是因为太多太多人都在缅怀自己的青春。

我索性躺在草地上,这时一醉汉开一奔驰停在我旁边,我先是一惊,以为要打劫,再一看那车,马上宽心了,

然后听他说:怎么,兄弟,醉了?爷我送你一程。

我怎么看他都像贪官污吏,便耍起性格,到车后拦了一

辆铃木的出租车下山去了。

上车前听他骂：拽什么？有什么了不起？

然后我说：拽什么？有奔驰就了不起了？

后来发现这是真话，有奔驰就了不起。

回公寓时，听见KTV中各式唱腔狂吠，觉得还是山上宁静。

我发觉现在一些歌手长得还人模人样，加上搞娱乐出名的都比较有钱，不知有多少人为之痴迷，可这样一些人偏要故作悲伤地唱些失恋啦被人甩啦老婆跟人跑了啦女朋友移情别恋之类的歌，这让我觉得装腔作势，如果是伍佰、动力火车这些长相有点那个的来唱这类歌才可让人相信。

一般听歌要能勾起点什么，才能被打动，比如《如果云知道》，比如《爱的代价》。而李茉进了戒毒所之后，我更喜欢王菲的《笑忘书》。

那些非人类的歌声让我不寒而栗，双手抱肩打了个冷战，一抬头，发现叶小茜屋里灯还亮着，才想起此人迷上了《流星花园》，一定还在熬夜看电视。

有那么一段时间，一些已经喝得半醉的失恋男子误将我们茶坊看作酒吧，进门坐下就大吵要酒。

我实在搞不懂《侏罗纪公园》跟《流星花园》有什么分别，因此无法洞悉这类人心中的想法。

有一天，我对这类人中的一白领男子说：哥们儿，这是茶坊。

话还没说完，那人一阵鬼哭狼嚎。我伸手准备赶他，这时候，老板叶小茜说：算了，怪可怜的。

我觉得说的也是，便把店里唯一一瓶酒给了他，并对他说：有寂寞，去对酒说吧。

那人一喝酒竟哈哈大笑说：小兄弟，你还没女朋友吧？我那个跟人跑了。

我也笑着说：我可不止跑了一个哟，你那个漂亮吗？要是漂亮我帮你追。

那人看了一眼叶小茜，说：还没你们老板漂亮。然后一拍大腿，大声道：妈的！你追也一样，合着跟老子一样戴绿帽。

我说那句话的时候，突然对以往发生的事情，有一种厌倦感，不知道为什么，对于那些灯红酒绿的场合，对于所谓理想，对于我的功夫，对于我和小刀的歌声，对于三个已经不属于我的女人，都产生了一种非常不愿意再想起的感觉。

那天晚上回到公寓，我用力往墙上撞了一下头，希望把自己撞失忆，但是这件好事没有发生，我还是周子丹。

为什么我会突然有这样奇异的感觉呢？我想是因为这间小茶坊的宁静，让我对以前的漂泊流浪无比反感，我简直爱上了这种清闲而宁静的服务生生活。

不用挣扎于所谓理想，不用唱歌，不用施展我的关节擒拿技，不用跟各种各样的人斗心计，更不用蹲监狱，我要做的，只是静静地泡茶就行了，在这个地方一待就是三个月，无比平静。

而且偶尔可以偷偷看一下叶小茜，美女是养眼的嘛。只是突然有一天我泡开茶的时候抬头看她，发现她也在看我，四目相对，她脸一下就红了。

61. 人间四月天

第二天，叶小茜看完了全部《流星花园》，跑来问我：你觉得道明寺帅还是花泽类帅？

我一呆，犹豫片刻，通常回答这类问题有一定难度，如果你回答的跟她所预计的不一样，那么她会大为不满。

于是我很想给她一个完美答案，虽然我不知这两人是谁。我想她都这么问了，我就回答说都帅，都比任贤齐帅。

她一笑，说：你这人挺有趣，明天中午请你吃饭。

我问：那我穿什么。

她说：随便。

那天我果然很随便，穿着背心短裤拖鞋就跟她去了一家雅致的饭店。老板叶小茜一身紫裙，十分可爱，跟她站一块儿，就像一个成语：人鬼殊途。

对于这突如其来的浪漫，我却很想搞糟它，不知为什么，大概心态有问题。

那饭店外站一侍者，旁边一牌子写着：衣冠不整，恕不接待。

我便脱了上衣走过去，那侍者挡住并说：先生，衣冠不整，恕不接待。

我让他仔细看看，我哪有穿衣服，更谈什么不整。

接下来的事很好预料，叶小茜一脸通红，饭也没吃独自走了，我想过，如果什么也无法付出，最好不要亏欠任何人，尤其是漂亮女人。

对于那天的事可以理解为老板看了《流星公园》一时冲动。

或者看见那白领失恋男子若有所思。

或者一时嘴馋一个人逛街吃饭又觉得无聊。

然后我一照镜子，大叫：明白了，她一定觉得我像她失散多年的哥哥。

夜，肖翼来电话问我近况，我把这件事告诉他，他扯着嗓子喊：你怎么这么傻？你都老大不小了，快赶上国家晚婚年龄了，这种机会……

我说：这不一定，人家不是那意思，说不定是我自作多情。

然后得知他已经在李茉之后换第三任女朋友了，我问他：你就没去看李茉？

他说：看什么？自作自受，当初要是听我的就不会这样。

我说：你就没对她动过真感情？

他说：嗨，那是军事演习。

肖翼大概看了《人间四月天》想学学徐志摩，不料弄巧成拙,三个女的都把他甩了,这让我觉得做什么事一定要专一,你看人家徐志摩怎么说的——我将在茫茫人海中寻找我唯一之灵魂伴侣,得之,我幸;不得,我命。

我曾问过为什么法律规定一个男的只可以有一个妻子,旁边一已婚男子说你结婚之后就知道这条法律是保护男人用的。

第二天,我对叶小茜说了一百个对不起,并说是酒后失态,然后告诉她我想请几天假去成都那边一趟。

她冷冷答应,说:好哇,工资扣三成。

我笑笑,说:没问题。

她送我上了车,我透过玻璃窗看了看她,心想,我要真是她哥哥就好了。

我想去成都,是想去看看肖翼,看看李茉,这两个在我的纯真年代占据最重要地位的人,他们到底怎么样了。

回过神来,车已开出去,叶小茜的影子也越来越远了,倩影无比宁静,无比淡雅。

62. 原　点

到成都之后，我直接去见了李茉，那天的情形完全不在我意料之中，隔着一道玻璃，我看见了李茉。原想象是我认出了她，她一时未将我记起，交谈之后，一起追悔曾经错过的东西。可是，我却已认不出她了——中长发贴到稀薄的嘴唇，一身蓝色条纹白色边子的衣服，眼神有些涣散。我无法将她放回以往的纯真的轮廓里——其实这是早该预见的。

她对我说的第一句话是：是你。第二句话是：你来干什么？第三句话是：肖翼呢？

我才发现原来我什么台词也没准备，非常窘迫地说：他让我来看看你。

她笑着说：他自己怎么不来？

我不说话，呆坐了半天。一直看着她，简直要把她的容貌刻入脑中，她见我无话，便起身走了。

本来去戒毒所探人是需要一定手续的，我却来去自如，原因是我给看守人每人递了一条烟,他们一看,觉得这小子还懂事,就放我进去,并提供咨询服务。

走出去时,烟不小心掉了出来,我立刻拾起,丢进垃圾桶,转头一看,几个在吞云吐雾的看守员冲我笑笑,头上"戒毒"办三个字显得无比光辉。

手机响了。路旁回电话,肖翼在电话那头说:臭小子,你到车站没?不是跟你说快到的时候给我短信,我来接你吗?

我说:刚到一会儿,不敢惊动你。

肖翼说:你在哪儿,我过去,我马上下班,一起吃饭。

我说:戒毒所。

肖翼一顿,说:那你过来。

我才想起,肖翼已是一家报社的记者,托出书的福,他现在倍受青睐。

记得很多年前肖翼是多么轻蔑地说现在搞文字工作的都得饿死,现在呢,文字工作养活了他,还将他装扮得特别斯文。他和夏顺寒仿佛都颠倒了,曾经搞文学社的夏顺寒才子估计一辈子要蹲在大牢中,原因是参与贩毒,而当年的痞子肖翼仍然生龙活虎。

肖翼出现在我眼前,已是彻头彻尾的斯文人,他穿得十分文雅,与过去任何时候都不同。我想起《大话西游》里本为山贼的至尊宝剃了胡子装秀才的情形。然后,情不自禁从街这头大叫:妖怪啊!

我为此挨了两拳,他一出拳,我就知道他果然不是个秀才。

肖翼十分开心地把我叫到一家酒店,这家酒店比叶小茜的茶店差远了。我第一感觉是:鱼龙混杂,三教九流。

我们还像以前那样亲密,一干杯恨不得把杯子给干碎。

然后开始闲聊,肖翼理所当然地把话题扯到女人身上,讲得滔滔不绝不亦乐乎。我只看着他,耳朵却关了起来。我知道他是不会提李茉的。

就这样,他讲了两小时,我听了零秒钟。他终于累了说无聊,最后掏出手机,说:让你见见我女朋友,说不准以后是你嫂子。

我说:是呀,说不准。

之后,他开始打电话,拨错四次,被骂四次。

不久,一个阳光明媚的长发女子出现在我们面前。肖翼一脸堆笑,让她坐下,介绍一下之后,他开始滔滔不绝地讲起我来,那女子心不在焉地点头。

这个女子实在很漂亮。

旁边有一桌男的就不住抬眼看,还指指点点说说笑笑。

肖翼拍案而起,大声说:你们要干什么?

那桌一男子一脸痞相,说:看看吗,有什么关系?老子又没碰她。

肖翼坐下时说了一句:他妈的一群人渣。

那桌男的共有五人。五人行动十分整齐,一起走过来,一起说:你他妈再说一遍。然后其中一个扯起肖翼的衣领,那女的吓得用手掩了眼。

肖翼喊了我一声，我犹豫了一下，我怕我再用这身功夫，再惹事。肖翼并不知道我蹲过监狱。

其中有一个男的走过来挑逗肖翼的女朋友，一脸淫笑。

这场景怎么就这么像以前帮李茉打发小流氓时那样，只是我要扮大侠，手中已无弓箭。李茉很久很久以前的那个微笑又浮现出来，像是一张单薄的纸，轻易被吹上天空，然后被一阵肃杀的风撕得支离破碎。

酒精麻醉了头脑，还不待肖翼再喊一遍，我抄起一酒瓶，狠了命地砸下去。朝其中一名男子头上砸了去。

狠命地砸。砸、砸、砸、砸、砸、砸、砸，不知哪来的悲愤，就像那人与我有十年八载的仇恨，在一瞬间爆发出来，无比庞大。

只会砸。单调的动作。没有施展任何功夫，我突然想摆脱这身功夫，就好像回到当年帮李茉打发小流氓时候那种只会玩玩弓箭的状态。从监狱里出来我就打算这辈子再也不跟人发生争执，五年的牢狱生活让我的心性中已经不再有锐气，但是这一次，却不知道因为什么原因狠砸别人。

这一次，和以往用功夫跟别人打斗不同，以往打斗都是在争夺一些什么莫名其妙的东西。这一次才是真正的打架，就像一头受伤的野兽，仅仅是本能地对抗侵犯者。

没有原因，像失去了理智，迷失了心智。每一次砸下去，就好像把一些东西全砸碎了，会无比痛快。这些东西原来一直积压在我心里，看不清是什么。

可一经砸碎，就会轻易看见，落寞的自己发散开来，变成孤独，变成悲怆，变成愤世，变成忧伤。

然后七人大混战，我们发现这些人很斯文的，几乎每一个都不善斗殴。

肖翼打得暴凶，想必已是久经沙场练出来了。用手，用脚，甚至用头撞。收敛了所有外表的斯文，俨然一个武林高手，特别是打的时候学李小龙一声怪叫，听得我浑身不自在。

再然后，被肖翼殴打的一个人兜里掉出一张类似证件的东西，我随手捡起，收了起来。

听有人大叫：快报警啊！

我们才慌忙逃离现场，那女的大喊：喂，等等我。

肖翼一边跑一边大叫：妈的，跑快点。

跑了很久，也看不见那女的了，我们才停下来。

我问：你不管你女朋友了？

肖翼说：她自己会坐车回去。然后看着我大笑，说：还提个烂酒瓶干什么，怕人家不知道你才打了架？

我这才发现由于悲愤，握瓶子的手还未放松过。此刻我就像一个从来不懂功夫的人，跟别人乱打了一通，情绪激动，无法冷静。

我们走到临江桥上，靠着栏杆。我感到前所未有的舒畅，黑色的夜风，吹到脸上，带走倦意。我闭上眼，看见一时间，天使在肆意妄为，魔鬼通通不敢说话。四周静得只有风声。天使脸上写着迷失，而魔鬼脸上全是茫然。

我拿出那张证件,那上面分明写着:××大学,学生刘芒。

刚才此人调戏肖翼女朋友的神态让我觉得,名副其实,是个流氓。

彻头彻尾的斯文人,跟肖翼一样。

肖翼问我:刚才怎么不用你的功夫呢?

我说:功夫?忘了,我已经不是以前那个周子丹了。

肖翼哈哈笑道:你以为你是郭靖啊?《射雕英雄传》最后的时候郭靖倒是因为觉得功夫害人不浅决定要忘掉功夫。

我不是郭靖,我早就说过了。

然后肖翼带我去他的公寓。

夜,我辗转难眠,每一起身,都看见对面公寓的灯还亮着,一个正用功读书的身影映在窗上,像座雕像。

听说那是个快高三毕业的学生。一提到毕业,我首先想到的是离别,倒是有人说没有聚哪有散,没有合哪有分,不过在我看来,我是不敢轻易承受离别的失落的。既然如此,就宁愿没有聚没有合,没有故事也就没有结局。

这句话不错,没有故事就没有结局。

起身翻看随身的小抄本,读到这么一句话:我从来不怕暗夜里独行,但我很怕在我独行之时突然来了一个人,与我结伴同行一段,而又离开。

然后电话就响了,我接了起来。一听声音,就知道是叶小茜。

她在电话那头问:还没睡么?

我说：是呀是呀。

然后她就把电话贴近收音机，收音机里先是一段钢琴声，很熟悉，再听下去，才反应过来，是苏友朋的歌，是久违了的《珍惜》。

以前听这首歌的时候，听到"珍惜青春梦一场，珍惜相聚的时光，谁能年少不痴狂独自闯荡"时，心里就百感交集。

现在听来，无甚特别，足见我的青春年华已经麻木了。

叶小茜说：店里缺人手了，你什么时候回来？

我说：我找到新工作了，不回来了。

叶小茜在那头半天没说话，然后笑了一声，说：那好吧，祝你好运。

然后她挂了电话。

在她挂了电话之后，我迅速把收音机调到刚才放《珍惜》的那个台。戴上耳机，沉沉睡去。

63. 遗 言

第二天,一早。肖翼过来把我叫醒,请我去喝早茶。一路上我眼皮直跳,就好像有什么灾难就要发生。

我告诉肖翼,他说:能有什么灾难,难道天上打晴空雷劈死你不成?

吃过早饭,肖翼斯斯文文地去报社上班去了,我一个人坐在茶坊里,很安静,感觉好像是在叶小茜的茶坊一样。

正当我品味着这份宁静的时候,手机突然响了,我接起来,听到了我这一生中最不愿意听到的事情,小刀出事了。

小刀跳楼了,从二十四楼跳了下去,因为检查出来染上了艾滋病。

茶杯落地,水覆杯裂。

晴空真的打下雷来,劈中了我。我突然一阵窒息,昏倒在地。

小刀留了一封遗书,提到了两件事,第一件是说,老子和陆女神的死没有关系；第二件事是说，老子一早就发现你脑子有毛病，你恐怕自己也不知道，那天我去向陆女神道别，我看见你已经在室内，你大概人格分裂！我一直陪着你，就是怕你再出事，现在我要走了，你他妈的赶紧去看医生！

这叫什么事儿啊。怪不得这么长时间以来，赵小刀热衷于阅读人格分裂一类的著作！这厮字儿都认不全，还看学术著作。

人之将死其言也善，赵小刀真的不是杀死陆女神的凶手。但是，让人惊悚的是，什么叫我已经在室内？赵小刀你他妈的给我说清楚再死！

赵小刀遗言里还说，如果我提前知道他要自杀，会不会帮助他。如果我在北京，他在我面前自杀，我一定会帮他，从后面给他一脚，让他飞下楼去。等死倒没什么，最可怕的是清楚感受到自己无法完成理想而产生的恐慌！

这就是我和小刀生命的悲哀，我们总是活在虚幻中，一旦这种虚幻揭开了，我们也就不再是原来的周子丹和赵小刀了。

这种虚幻，困扰了我们最美好的青春年华，耗尽了力气，却还是站在原地。

我和肖翼赶去北京参加小刀的丧礼。黑道白道的来了一大堆人，丧事很热闹，小刀生平就喜欢热闹。我看着他的遗像，他盯着我半天。

那个神情就好像高中第一天相识，老师让大家上讲台去谈理想，小刀呆头呆脑地站在讲台上，说着：我的理想，第一，是唱歌，第二，还是唱歌。

全班笑了，就因为小刀认为我没有笑，于是我们就成了哥们儿。小刀，其实我那天真的是感冒了，戴着口罩，笑不出来。用你的话来说，这真的是一场美丽的误会。

"流金岁月"的舞台还是那个样，非常熟悉，我走上去，双手捧着麦克风，音乐起：

往事不要再提

人生已多风雨

纵然记忆抹不去

爱与恨都还在心底

真的要断了过去

让明天好好继续

你就不要再苦苦追问我的消息

爱情他是个难题

让人目眩神迷

忘了痛或许可以

忘了你却太不容易

你不曾真的离去

你始终在我心里

我对你仍有爱意我对自己无能为力

因为我仍有梦依然将你放在我心中

总是容易被往事打动总是为了你心痛

别留恋岁月中我无意的柔情万种

不要问我是否再相逢

不要管我是否言不由衷

张国荣的《当爱已成往事》,赵小刀和周子丹最喜欢的歌曲。赵小刀走了,从今天起,周子丹也不再是周子丹了。

从少年到青年,原来不只我在盯着赵小刀,赵小刀也在盯着我,他说的是不是没有错,我才是人格分裂的那一个?是我第一个进入了陆女神的死亡现场,我该不该去自首?

64. 终　点

收拾完小刀的后事之后,"流金岁月"的几个元老让我留下,我没有答应。晚上北京熟悉的霓虹又亮起来了,我和肖翼打了个车,来到以前小刀带我去过的那个俱乐部,那里可以玩会儿弓箭。

那天我们到那里的时候,发现正在拆迁,那个俱乐部已经不知搬到哪里去了。我和肖翼坐在车里,隔着车窗我呆望半天,仿佛小刀还在那里等我。

整个城市,一阵安静。哗啦一声,下起暴雨,再也分不清楚方向,隐隐觉得前面似乎是那个可爱的小茶坊,就好像大海浪涛中的浮木。

我们离开北京那天无人相送,天正好在下雨,雨固执地要钻进车,不料被玻璃一隔,挡成了无数泪滴,就像离人掉下的一般。

我回到茶坊,已是傍晚。小茶坊此时已是此城最具情调的地方，来这里的人都是出双入对。我推门走进去，没看见叶小茜。

那两个员工几乎忙不过来，我过去问：老板呢？

他们看我一眼，说：不知道。

我立马想到这个事态会不会有点严重了，又问了一遍：老板呢？

那两人实在不耐烦，说：你自己看看身后。

我一转身，就看见这么个姑娘：——大眼睛，带点褐色的头发，紫色裙子，脚上是拖鞋。

我一时不知该说什么，想了半天，说：老板，我回来报到。

叶小茜打量我半天，说，走了几天，回来怎么像有什么不一样了？

我说：有什么不一样了？是不是我刮了胡子？

叶小茜说：不 。

我笑着说：你可不要说我突然变帅了之类的话，否则我会晕倒。

叶小茜也笑了起来，笑得前仰后合，然后费好大劲才收住，说，那回答我是道明寺帅还是花泽类帅？

我说：都帅，都比我帅。

叶小茜笑着说：你这人挺有趣，明天请你吃饭。

我问：那我穿什么。

她说：随便。

这情景无比熟悉，就像时光倒转。

在人来人往的笑声中，我转过身去，背对叶小茜哭了出来。